長腿叔叔
DADDY LONG-LEGS

琴・韋伯斯特 Jean Webster 著
陳錦慧 譯

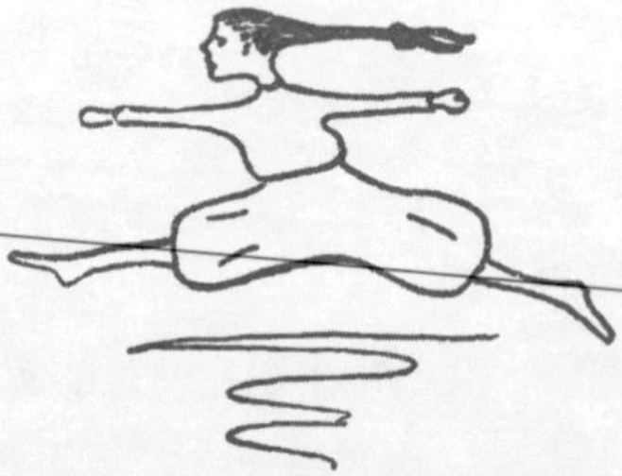

獻給你

TO YOU

憂鬱的星期三

Blue Wednesday

每個月第一個星期三是個**慘絕人寰**的日子，你提心吊膽等待它；視死如歸忍受它；再迅雷不及掩耳忘掉它。每一層樓都要打掃得光潔如新，每張椅子都必須一塵不染，所有床鋪都得平整無痕。九十七個扭來扭去的小孤兒都要刷洗乾淨、梳理整齊、穿上剛燙好的格紋布衣裳。還得千叮萬囑這九十七個孤兒不可以調皮搗蛋，董事問話時要回答「是，先生。」或「不，先生。」

這真是最叫人鬱悶的時刻，可憐的耶露莎．艾伯特身為全院年紀最大的孤兒，自然是首當其衝的苦主。幸好，這個星期三跟它的眾多先驅一樣，終於拖拖拉拉來到終點。耶露莎做完為賓客準備的三明治，溜出冷菜廚房轉身上樓，繼續她的例行工作。她負責F寢室，裡面十一張小床一字排開，十一個小蘿蔔頭四到七歲不等。耶露莎把她的小人兒喊過來集合，拉平他們身上皺巴巴的連身衣裳，擦掉他們的鼻涕，讓他們乖巧整齊地排成縱隊，朝用餐室出發，去吃麵包喝牛奶配洋李布丁，享受半小時的幸福時光。

然後她一屁股坐上窗座，隱隱抽搐的太陽穴貼上冰涼的窗玻璃。她從清晨五點忙到現在，被人呼來喝去做這做那，緊張兮兮的院長少不了又罵又催的。院長李蓓特太太在董事和仕女賓客面前儘管一派冷靜沉著、雍容華貴，私底下卻不是那麼回事。耶露莎的視線投向一大片結霜草坪的盡頭，越過圈圍起孤兒院的高聳鐵籬笆，沿著波浪起伏的山脊和散布其間的鄉間住宅，直到凸伸在光禿禿樹梢間的村莊屋舍尖頂。

據她所知，這一天算是順利熬過去了。諸位董事和訪視委員行禮如儀地巡視過了，讀過報告喝過午茶，這會兒都急急忙忙趕回他們自己家的溫馨爐火旁，把這些煩人的小累贅拋到腦後一個月。耶露莎上身前傾，觀看魚貫駛出孤兒院大門那一列馬車與汽車，好奇中帶點渴望。她讓想像力追隨那一輛又一輛馬車，到達坐落山腰上的一棟棟大房子，幻想自己身穿毛皮大衣、頭戴點綴羽毛的天鵝絨帽，靠向椅背坐在車裡，低聲對司機說「回家」。只是，一旦回到她家門檻，畫面就模糊了。

耶露莎愛幻想。李蓓特太太提醒過她，要小心約束她那些奇思異想，免得招惹麻煩。可惜，她的想像力再怎麼豐富，也沒辦法帶她跨過她要進去的那些屋子的門廊。可憐、急切又愛冒險的小耶露莎來到人世間這十七年裡，從沒踏進過任何普通住家。那些不必費心照顧孤兒的一般人日常生活都怎麼過，她實在想像不出來。

「耶——露莎——艾——伯特，辦——公室——有人找妳，妳最好——動作快！」

唱詩班成員之一湯米．狄倫的嗓音爬上樓梯，再沿著走廊過來。他的腳步越接近F寢室，唱誦的聲音就越響亮。耶露莎百般不捨地離開窗座，重新面對生命中的煩憂。

「誰找我？」她用明顯焦慮的音符切斷湯米的唱誦。

「李蓓特太太在辦公室，她好像很生氣。

阿——阿——們！

湯米裝模作樣地吟誦，聲調倒不盡然是惡意。當大姐姐們犯了錯被召喚到辦公室面對惱火的院長，就算最鐵石心腸的小孤兒也會一掬同情淚。更何況，即使耶露莎偶爾會使勁拽他手臂，或差點把他鼻子擦得掉下來，湯米還是喜歡她。

耶露莎一語不發地走出寢室，額頭擠出兩條平行線。她不禁納悶，到底哪裡出錯了。三明治切得不夠薄嗎？堅果蛋糕裡夾著碎殼嗎？或哪位女賓客看見蘇希・霍桑長襪上的破洞？難道……噢，太恐怖了！難道她F寢室裡哪個可愛的小嬰兒給某位董事「加了醬料」？

樓下的長廊還沒點燈，她走下樓梯時，有個最晚走的董事正要離開，站在通往候車廊道的門口。耶露莎只匆匆瞥見那男人背影，唯一的印象就是：他很高。那人朝停在彎曲車道上的汽車揮揮手。車子動了起來，慢慢接近，有那麼一瞬間車頭朝向這邊，刺眼的車燈把那人影子對比鮮明地投射在屋裡牆壁上。那道影子的雙腿和雙臂拉得出奇地長，怪裡怪氣地橫過地板，爬上走廊牆壁，像極了一隻搖擺晃盪的巨無霸長腳蜘蛛。

耶露莎噗哧一笑，深鎖的眉頭舒展開來。她天生陽光性格，笑點極低，一丁點小事都可以逗得她樂呵呵。能夠從威風凜凜、氣勢凌人的董事身上找點樂子，倒是始料未及的美事。這段小插曲讓她帶著愉快心情走進辦公室，笑吟吟地面對李蓓特太太。出乎意料的是，李蓓特太太雖然沒有露出笑容，也算夠和藹的了。她臉上的表情幾乎就像接待貴客時那般親切。

「耶露莎，坐下來，我有話跟妳說。」

耶露莎就近找張椅子坐下來，屏息等待。一輛汽車從窗外駛過，李蓓特太太目送它離去。

「妳看見剛剛離開那位先生了嗎？」

「只看到背影。」

「他是我們財力最雄厚的董事之一，捐了很多錢幫助我們。我不能透露他的姓名，因為他特別要求我幫他保密。」

耶露莎的眼睛稍微瞪大了些，畢竟她不太習慣被叫到辦公室，跟院長討論董事們的怪異行徑。

「這位先生特別照顧我們院裡幾個男孩子。你記得李爾斯・班頓和亨利・佛瑞茲吧？送他們上大學的就是……呃……這位董事。他們倆也都非常爭氣，以優異的成績回報恩人的慷慨資助，因為這位先生不接受其他任何形式的回報。在此之前他的善心都只用在男孩身上，儘管院裡的女孩非常優秀，非常值得栽培，可惜不管我多麼努力說服……呃……這位董事贊助她們，他始終沒有動搖。我不妨這麼說：他不喜歡女孩子。」

「嗯，夫人。」耶露莎喃喃說道，只因為這時候好像該有點反應。

「在今天的常會裡，董事們討論到妳的未來。」

說到這裡，李蓓特太太沉默片刻，之後才又以慢條斯理、冷靜平和的語氣說下去。對耶露莎突然繃緊的神經簡直是一大折磨。

「妳也知道，孩子們通常滿十六歲就得離開孤兒院，可是我們破例讓妳留下來。妳十四歲時完成了這裡的學業，由於課業成績很亮眼，我們決定讓妳到村子裡讀中學，但我不得不說，行為表現方面還有待加強。現在妳中學也快畢業了，孤兒院當然不能再繼續照顧妳，畢竟妳已經比大多數人多留了兩年。」

李蓓特太太忽略了幾點事實。首先，這兩年裡耶露莎用辛勤的工作換取食宿；再者，孤兒院的事務永遠凌駕她的學業。像今天這樣的日子，她就得留下來洗洗刷刷。

「我剛才說了，今天的會議提到妳的未來，董事們討論了妳的個人紀錄，討論得很詳盡。」

李蓓特太太責難的眼光投向被告席上的囚犯，囚犯也適時顯露出罪惡感。倒不是因為她想到自己的紀錄裡有什麼令人髮指的不名譽內容，而是因為這種時候好像就該如此。

「當然，對於妳這樣的孩子，通常的處理方式就是幫妳找份工作，讓妳開始謀生。可是，妳在學校某些科目表現還不錯，英文科好像特別傑出。普莉查德小姐是我們的訪視委員，也是學校董事，她跟妳的修辭學老師聊過，在會議上幫妳說了很多好話。她還朗誦了一篇妳寫的文章，題目是〈憂鬱的星期三〉。」

這回耶露莎的罪惡感不是裝的。

「在我看來，妳在奚落嘲笑這個為妳付出那麼多的機構的時候，顯然一點都不懂得感恩。如果不是因為妳寫得『笑』果十足，恐怕沒人會原諒妳。不過妳很走運……呃，剛剛離開的那位先生的幽默感顯然沒有底限，光憑那篇莽撞無禮的文章，他就決定送妳上大學。」

「上大學？」耶露莎眼睛瞪大了。李蓓特太太點點頭。

「他剛才留下來跟我討論相關條件。這些條件很不尋常，這位先生向來特立獨行。他覺得妳很有創造力，打算栽培妳成為作家。」

「作家？」耶露莎驚呆了，只能重複李蓓特太太的話。

「那是他的意願。至於結果如何，以後才知道。他給妳的零用錢很大方，對於一個從來沒有管理過金錢的女孩而言，幾乎太大方了。不過，他把一切計畫得很周詳，沒有我插嘴的餘地。暑假妳繼續留在這裡，普莉查德小姐願意協助妳準備一應物品。妳的食宿費和學費直接匯給學校，就學的四年期間，妳每個月可以拿到三十五元零用金。有了這筆錢，妳跟同學相處就不會矮人一截。妳的零用金每個月會由那位先生的私人祕書寄給妳，相對地，妳必須每個月寫一封確認信。

也就是說，妳寫信的目的不是為了感謝他給妳錢，他不希望妳提起這件事。妳要在信裡報告妳的學習進度和生活點滴。就像是寫給妳父母的家書，如果他們還在世的話。

「這些信要寄給他祕書，收件人寫約翰．史密斯先生。那位先生不叫約翰．史密斯，但他不希望透露真實姓名。對妳而言，他永遠都是約翰．史密斯。他之所以要求妳寫信，是因為他認為寫信最能夠鍛鍊一個人的文筆。由於妳沒有家人可以跟妳通信，所以他希望妳用這種方式寫信，他也可以藉此掌握妳的學習成果。他絕不會回妳的信，甚至根本不會把它們放在心上。他本人特別討厭寫信，所以不希望妳的信變成他的負擔。萬一發生任何非得要他答覆的狀況，比如妳就要被學校退學，不過我相信不會有這種事，妳就跟他的祕書葛立格先生聯絡。每個月寫一封信是妳的義務，也是史密斯先生對妳唯一的要求，所以妳必須準時寫好寄出去，就像支付帳單一樣。我希望妳寫信的時候用字遣詞要保持恭敬，字裡行間要呈現妳的學習成果。千萬別忘了自己在寫信給約翰格利爾孤兒院的董事。」

耶露莎眼巴巴地瞄向門口。她內心激動莫名，只覺頭昏腦脹，很希望逃離李蓓特太太的長篇大論，靜下來想一想。她站起來，試探性地後退一步。李蓓特太太比個手勢示意她留下，院長的耳提面命不容怠慢。

「這麼難得的好運降臨，妳該知道要心懷感恩吧？像妳這種身世的女孩很少有機會出人頭地，妳一定要記住……」

「我……是的，夫人，謝謝您。如果沒別的事，我得走了，我要幫弗瑞迪・博金補長褲的破洞。」

她順手把門掩上。李蓓特太太張口結舌望著門，沒說完的話懸在空中。

耶露莎·艾伯特小姐

寫給長腿叔叔史密斯先生的信

The Letters of Miss Jerusha Abbott

to Mr. Daddy Long-Legs Smith

九月二十四日

佛格森樓二一五室

親愛的送孤兒上大學的好心董事：

我到學校了！昨天搭了四小時火車。搭火車真是很奇妙的感覺，對吧？我以前從沒搭過。

大學真是最廣闊、最容易把人搞糊塗的地方，我一走出寢室就會迷路。等我比較不那麼暈頭轉向，再好好跟您介紹這裡的環境，當然也會跟您聊聊我的課業。課程星期一早上才會開始，現在是星期六晚上，我只是想先寫封信，彼此熟悉熟悉。

寫信給不認識的人，好像很奇怪。而我竟然會拿起筆來寫信，好像也很奇怪。我這輩子只寫過三、四封信，所以，萬一我的信格式不夠標準，您就睜隻眼閉隻眼吧。

昨天早上我出發之前，跟李蓓特太太進行了一場嚴肅對談。她教導我未來人生中該怎麼做人，特別是該怎麼對待那個為我做了那麼多事的好心先生。她提醒我一定要**畢恭畢敬**。

可是，有誰能夠對一個要人家喊他約翰·史密斯的人畢恭畢敬？您為什麼不能挑個有點個性的姓名？我這跟寫信給「親愛的拴馬柱」或「親愛的晾衣竿」有什麼兩樣？

今年夏天我經常想到您。經過這麼多年，終於有人注意到我，感覺就像找到一個家。我現在覺得自己彷彿屬於某個人，那種感覺很美好。

只是，我不得不說，我想到您的時候，想像力很欠缺發揮空間。關於您，我只知道三件事：

第一，您個子很高。

第二，您是有錢人。

第三，您討厭女生。

我想我可以稱呼您「親愛的討厭女孩先生」，但這是對我的侮辱。我也可以稱呼您「親愛的有錢人先生」，但那又是對您的侮辱，彷彿錢是您最重要的美德。

財富只是一種表淺特質，何況您或許不會永遠有錢，畢竟很多絕頂聰明的男人都在華爾街一敗塗地。不過至少您的身高永遠不會變！所以我決定稱呼您「親愛的長腿叔叔[1]」，希望您別介意。它只是私底下的暱稱，我們不必讓李蓓特太太知道。

十點的鈴聲再過兩分鐘就會響起。我們一整天的時間被鈴聲切割成一段段：吃飯、睡覺、上課都以鈴聲為準。鈴聲讓人精神抖擻，我時時刻刻都覺得自己像消防隊的馬兒。鈴聲響起！熄燈了，晚安！

看看我多麼一板一眼循規蹈矩，這都要感謝約翰格利爾孤兒院的訓練。

——最敬愛您的耶露莎．艾伯特　筆

十月一日

親愛的長腿叔叔：

我好愛大學，我好愛您，因為您送我來上大學。我每一分每一秒都非常非常非常快樂，興奮得幾乎睡不著覺。您想像不出這裡跟約翰格利爾孤兒院有多麼不同。我做夢都想不到世界上竟有這樣的地方。對於那些不是女生、不能來這裡上學的所有人，我真心為他們感到遺憾。我相信您年輕時上的大學一定沒有這麼棒。

我的寢室在一棟大樓樓上。早年新醫務室還沒蓋好以前，這裡是傳染病房。這層樓除了我之外還有三個女孩子，其中一個已經四年級，戴副眼鏡，整天拜託

1 原文為 Daddy-Long-Legs，亦指長腳蜘蛛。

我們小聲點；另外兩個都是新生，一個叫莎莉・麥克布萊，另一個叫茱麗亞・拉特里吉・彭鐸頓。莎莉是個紅髮女孩，鼻尖往上翹，人很和善。茱麗亞來自紐約數一數二的名門望族，到現在還沒發現我的存在。她們倆同寢室，那個四年級學姐和我都住單人房。新生通常不能住單人房，因為房間數不多，可是我不必申請就分配到了。我猜註冊組覺得不適合讓大家閨秀跟棄兒同住。看吧，當孤兒也有好處的！

我的寢室在西北角，有兩扇窗子，窗外景色優美。跟二十個室友在一間大寢室擠了十八年，能夠獨處實在讓人很舒心。有史以來第一次，我終於有機會認識耶露莎・艾伯特，我覺得我會喜歡她。

您會喜歡她嗎？

星期二

一年級籃球隊要成立了，我可能有機會加入。我個子雖然不高，卻出奇敏捷、結實又強悍。其他人在空中高來高去的時候，我可以在她們腳底下鑽進鑽出搶球。練球的時候好玩極了，傍晚在運動場上，樹葉有紅有黃，空氣中瀰漫著焚燒落葉的味道，所有人都開懷大笑、扯著嗓門叫嚷。真是一群最最快樂的女孩，而我是其中最快樂的一個！

原本我打算寫一封長長的信，告訴您我在課堂上學到的一切（李蓓特太太說您想知道），可是第七節鈴聲剛剛響起，再過十分鐘我就得換好運動服出現在運動場上。您希望我進籃球隊嗎？

——耶露莎·艾伯特　敬上

附言（九點鐘）：

莎莉剛剛探頭進我房間，說了這些話：

「我好想家，快受不了了。妳想家嗎？」

我淡淡一笑，告訴她我還行，熬得過去。至少我對思鄉病這種症狀免疫！我從沒聽說過有人得「思孤兒院病」，您呢？

十月十日

親愛的長腿叔叔：

您聽說過米開朗基羅嗎？

他是個藝術家，中世紀時代的義大利人。英國文學課裡所有學生都知道他，我卻以為他是大天使[2]，惹得全班哄堂大笑。他的名字聽起來真的很像大天使，不是嗎？大學的問題在於，你必須知道很多你沒學過的東西。有時候會害人出糗。不過，如果別人再說起我沒聽過的事，我會不動聲色，自己去查百科全書。

我開學第一天就鬧了個大笑話，有人提到莫里斯．梅特林克[3]，我問同學她

2 米開朗基羅的英文是 Michelangelo，聽起來很類似聖經裡的大天使米迦勒（Archangel Michael）。

3 Maurice Maeterlinck，比利時知名劇作家，被譽為比利時的莎士比亞。

是不是新生。這個笑話傳遍全校。儘管如此，我還是跟班上其他同學一樣聰明，甚至比其中某些人更聰明！

您想不想知道我怎麼布置房間？是棕配黃的和諧色調。牆壁顏色偏向暗黃，我買了黃色厚棉布窗簾、坐墊和一張紅木書桌（三塊錢買來的二手家具），還有一張藤椅、一塊正中間有墨水漬的棕色小地毯。我把椅子擺在那塊汙漬上。

我房間的窗子比較高，坐在一般椅子上看不到外面。於是我旋開梳妝檯背面的螺絲，取下鏡子，鋪上軟墊，把它移到靠窗的位置，當成窗座，高度恰恰好，只要拉開抽屜就可以踩著爬上去，舒適極了！

這些東西是莎莉陪我去四年級拍賣會挑選的。她從小在正常家庭長大，很懂得怎麼布置房間。您絕對想像不到，對於一個從小到大口袋裡最多只有幾分錢的人而言，拿真正的五塊錢紙鈔去買東西、找些零錢回來，那種感覺多麼新奇。親愛的大叔，我百分之百感激您給我零用錢。

莎莉是世界上最有趣的人，茱麗亞．彭鐸頓恰恰相反。在住宿安排這方面，學校拼湊出的組合真是無奇不有。在莎莉眼中，任何事情都趣味十足，就連考試不及格也不例外。茱麗亞卻覺得天下事都乏味透頂，她甚至懶得對人表達一丁點善意。她認為光是身為彭鐸頓家族的一員，就可以未經審判直接進天堂。我跟她是天生的冤家。

您一定很想知道我在課堂上學了些什麼，等得不耐煩了吧？

一、拉丁課：第二次普尼克戰爭[4]。漢尼拔跟他的軍隊昨晚在特拉西梅納斯湖紮營，枕戈待旦準備伏擊羅馬大軍。今早四更天雙方激戰，羅馬軍隊戰敗潰逃。

二、法文課：讀二十四頁《三劍客》、第三類詞類變化、不規則動詞。

三、幾何學：上完了圓柱體，目前在學錐形。

四、英文課：練習寫說明文。我寫起文章來一天比一天清晰簡潔。

4 古羅馬與古迦太基之間共發生三場普尼克戰役，第二場發生在西元前二一八年到二〇二年，此役之後迦太基實力削弱，羅馬開始稱霸西地中海。

五、生理學：上到消化系統，接下來是膽汁和胰腺。

——邁向博學之路的耶露莎・艾伯特　敬上

附言：大叔，希望您永遠不要喝酒，那東西對人的肝臟很不友善。

✉

星期三

親愛的長腿叔叔：

我改名了。

學生名冊上我還是「耶露莎」，除此之外我都是「茱蒂」。我長這麼大只有這個小名，還得自己給自己取，很悲慘吧？不過，「茱蒂」這個名字也不是毫無根據，弗瑞迪小時候大舌頭口齒不清，都是這麼叫我的。

真希望李蓓特太太幫小嬰兒取名字的時候能多點創意。孩子們的姓氏都是她從電話簿裡找來的，A字頭的艾伯特就在第一頁。名字則是隨手撿來的，比如耶露莎就是她在某個墓碑上看到的。我一直很討厭「耶露莎」，倒是挺喜歡「茱蒂」。茱蒂這名字有點傻乎乎的，屬於跟我不同類型的女孩，就是那種藍眼珠的甜美小東西，備受家人疼惜和寵愛，可以嘻嘻哈哈、無憂無慮地走過人生路。能變成那樣的人是不是很愜意？不管我有什麼缺點，誰都不能指控我被家人寵壞！不過，假裝自己被寵壞也挺好玩的。從今以後請叫我茱蒂。

有件事不知道您有沒有興趣聽？我有三副小羊皮手套。我原本就有小羊皮連指手套，是掛在聖誕樹上的禮物，可是我從來沒有過那種有五根指頭、真正的小羊皮手套。我每隔一段時間就會拿出來試戴，我必須努力克制，才沒有戴著去上課。

（午餐鈴聲響，再見。）

星期五

大叔，您聽聽，英文老師說我上一篇作文展現了非比尋常的獨創性。她真這麼說了，一字不差。想想過去十八年來我接受的教育，就覺得不太可能，對吧？約翰格利爾孤兒院的宗旨（您想必一清二楚，而且衷心認同），就是把九十七個孤兒培養成九十七胞胎。

我非比尋常的繪畫天分在很小的時候就發展出來了，那時都拿粉筆在柴房門上畫李蓓特太太。

我這樣批評自己住過的孤兒院，希望不會刺傷您。不過您應該知道自己握有生殺大權，如果我太放肆，您隨時可以終止對我的資助。這種話不太禮貌，可是您不能期待我知書達禮，孤兒院畢竟不是小淑女的養成所。

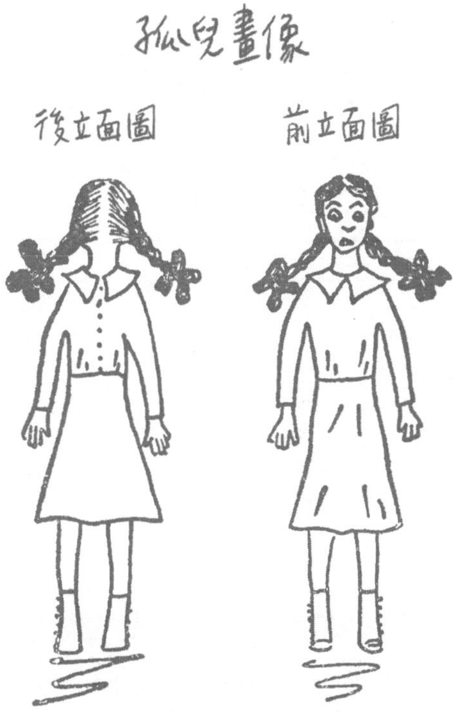
孤兒畫像
後立面圖
前立面圖

大叔，上大學最困難的地方其實不是功課，而是休閒。大半時候我聽不懂其他同學在說什麼，她們的笑話好像都來自一段只有我沒能參與的過去。我是這個世界裡的外國人，聽不懂她們的語言。那是一種很悲哀的感覺，而這種感覺已經如影隨形跟著我一輩子了。上中學的時候，其她女同學經常一群群站在一起，冷眼盯著我。所有人都知道我怪裡怪氣，與眾不同。我**感覺**得到「約翰格利爾孤兒院」這幾個字就寫在我臉上。然後幾個比較有同情心的女孩會特地走過來，說些客套話。**我討厭她們每一個人**，尤其討厭那些有同情心的。

這裡沒有人知道我是在孤兒院長大的。我告訴莎莉我父母雙亡，有個好心的老先生送我上大學，這些話半點不假。希望您別把我看成軟弱的人，我只是想跟其他女孩一樣，而那個陰影般籠罩我童年的恐怖孤兒院會是我跟她們之間的鴻溝。只要我能夠揮別那段過去，關閉那些回憶，我也可以跟其他女孩一樣討人喜歡。我認為我跟大家沒有任何實質上、根本上的差異，您覺得呢？

不管怎麼說，莎莉喜歡我！

——始終如一的茱蒂．艾伯特（本名耶露莎）敬上

星期六早上

剛才我把這封信又讀了一次，內容很不歡樂。可是您難道猜不到，我星期一早上要做專題報告，還得交幾何作業，而且染了風寒噴嚏連連？

星期日

昨天我忘了寄這封信，所以補一段憤慨的附言。

今早有個主教來講道。**您知道他說了些什麼嗎？**

「聖經對於我們最仁慈的允諾就是：『那些常在你們左右的窮人』，是為了讓我們保有悲天憫人的胸懷。」

請注意，窮人是某種有益的居家動物。如果不是因為我已經長大，變成這麼優雅的淑女，禮拜結束後我一定會上前去告訴他我的看法。

十月二十五日

親愛的長腿叔叔：

我進了籃球隊，您真該看看我左肩的瘀傷，青紫中帶紅褐，還有細小的橙黃色斑紋。茱麗亞．彭鐸頓也報名籃球隊，卻被刷下來了，萬歲！看吧，我很壞心眼的。

大學生活一天比一天美好。這裡的學生、老師、課程、校園和伙食我都喜歡。我們每兩星期吃一次冰淇淋，從沒吃過玉米糊。

您希望我一個月只寫一封信，對吧？我卻每隔幾天就寫信吵您！這裡的新生活實在讓我太興奮了，我一

定得找個人說說，而我只認識您一個。請原諒我的喋喋不休，我很快就會冷靜下來。如果您覺得我的信很煩人，大可以把它們扔進垃圾桶。我保證，從現在起到十一月中旬，不再寫任何一封信。

——最長舌的茱蒂·艾伯特 敬上

十一月十五日

親愛的長腿叔叔：

聽聽我今天學到了什麼。正稜錐平截面的面積是底部周長乘以斜高再除以二。聽起來不太對，但真是這樣，我可以證明！

大叔，我還沒跟您聊到我的衣裳吧？六件洋裝，又新又漂亮，而且全是買給我的，不是某個年紀比較大的女生傳下來的二手衣。您可能很難理解，在孤兒的生涯當中，這是多麼輝煌的時刻。這些衣裳都是您送給我的，我非常、非常、**非常**感激。受教育當然是很好的事，可是沒有任何事比擁有六件新衣更讓人心花怒放。衣服都是訪視委員會的普莉查德小姐——謝天謝地不是李蓓特太太，幫我挑選的。我有一件晚禮服，粉紅色柔軟棉布搭配絲綢，我穿上它美得像天仙；上教堂的洋裝是藍色的；晚宴服有一件是紅色網紗配上東方風格飾邊（穿在身上像個吉普賽女郎），另一件是玫瑰色印花輕毛料；一件上街穿的灰色洋裝；最後一件是平常上課穿的。對茱麗亞來說，這區區幾件衣服也許微不足道，可是對於茱蒂，哇，天哪！

我猜您心裡一定在想，這小丫頭輕佻又膚淺，讓女孩子受教育真是浪費錢。

可是大叔，如果您一輩子穿的都是格紋棉布衣，就能理解我此刻的感受。上了中學以後，我的人生更是進入一段比格紋棉布衣更悽慘的歲月。

那就是濟貧箱。

您無法想像我多麼害怕穿著那些可悲的濟貧箱衣裳去上學。我很確定我身上那件衣服的第一任主人就坐在我隔壁，而她會嘻嘻竊笑，跟人交頭接耳，還指給其他同學看。穿冤家對頭不要的衣裳，那種苦會侵蝕你的靈魂。就算我有生之年都有絲襪穿，恐怕也難以撫平那道傷疤。

最新戰報！

來自戰爭現場的消息

十一月十三日星期四的四更天，漢尼拔擊退羅馬大軍的先遣部隊，率領迦太基軍隊翻山越嶺，抵達卡西利農平原。一支努米迪亞輕裝步兵跟羅馬將軍昆塔斯．費邊．馬克西姆斯的步兵對上陣，打了兩仗，幾番零星衝突。羅馬人損兵折將，兵敗如山倒。

無比榮幸擔任您的前線特派員

——J. 艾伯特

附言：

我知道您不會回我的信，而且也被告知不可以問您問題。可是大叔，只此一次下不為例，您究竟超級老，或者只是有點老？您的頭髮全掉光了，或只有一點禿？您抽象得有如幾何定律，我實在很難想像您的模樣。

一個討厭女孩子的有錢高個子，卻又對某個野蠻女孩格外慷慨，他到底長什麼樣呢？

敬請回覆。

十二月十九日

親愛的長腿叔叔：

您沒有回答我的問題，這個問題特別重要。

您的頭禿了嗎？

我把您的模樣精準描畫出來了。我自己很滿意，直到您的頭頂為止。我畫到那裡就卡住了。我沒辦法確定您是白髮、黑髮或有點花白，或者根本頂上無毛。

這是您的畫像：

問題在於，我該不該添點頭髮？

您想知道您的眼珠是什麼顏色嗎？是灰色的。您的眉毛像門廊屋頂似地往外伸（小說裡稱之為橫眉）。您的嘴巴是一條直線，嘴角習慣性向

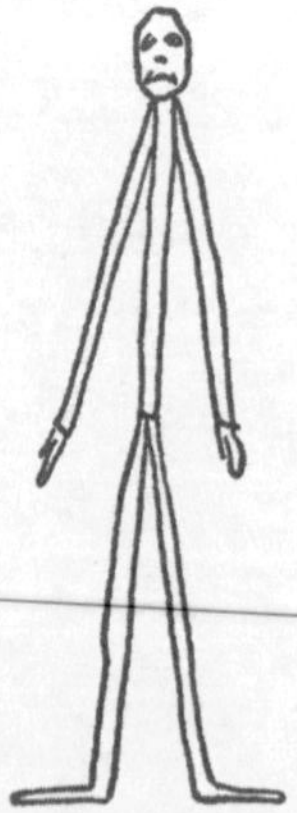

下彎。看吧，我知道的！您是個壞脾氣的暴躁老頭。

（禮拜鐘響。）

晚上九點四十五分

我給自己定了個鐵的紀律：不管隔天要寫幾篇書面評論，晚上絕對、絕對不讀教科書，只讀課外書。我必須如此，因為我的程度比別人落後十八年。大叔，您無法相信我的腦袋是怎麼樣的一個無知深淵，而我剛醒悟到這個深淵有多麼深。那些擁有正常家庭成員、有個家、有朋友、有圖書室的女孩們日積月累而來的知識，我一點也沒聽說過。比方說：

我從沒讀過《鵝媽媽》、《塊肉餘生記》、《撒克遜英雄傳》、《仙履奇緣》、《藍鬍子》、《魯賓遜漂流記》、《簡愛》、《愛麗絲夢遊仙境》，更沒讀過魯德亞德．吉卜林[5]寫過的隻字片語。我不知道亨利八世結過不止一次婚，也不知道雪萊是個詩人。我不知道人類以前曾經是猴子，不知道伊甸園只是個美麗的神話。我不知道R. L. S.代表羅伯特．路易斯．史蒂文森[6]，不知道喬治．艾略特[7]是一位女士。我從沒看過〈蒙娜麗莎的微笑〉這幅畫，而且（千真萬確，但您一定不相信）沒聽說過福爾摩斯。

現在這些我都知道了，還知道其他很多事，可是您看得出來我還差別人很多。話說回來，這樣趕進度很好玩。我整天都期待晚上快點到，那時我會在門上掛個「忙碌中」的牌子，穿上我舒適的紅色浴袍和毛茸茸拖鞋，把所有靠墊堆在沙發上我的背後，扭開手肘邊的黃銅閱讀燈，開始讀呀讀的。光讀一本還不夠，我四本書同時進行。目前是丁尼生[8]的詩、《浮華世界》和吉卜林的《山中故事》和——不准笑——《小婦人》。我發現我是全校唯一一個成長過程中沒讀過《小婦人》的女生。但我沒告訴任何人（那會被看成怪胎），只是默默拿出上個月的零用錢，花一塊十二分買一本回來。下回再有人提起醃檸檬，我就會知道典故從哪裡來！（十點鈴聲響。這封信一直被打斷。）

星期六

先生：

很榮幸在此向您報告我們在幾何領域的全新探索。上星期五我們捨棄了先前的平形六面體，向截稜柱邁進。我們發現前路坎坷，舉步維艱。

---

5 Rudyard Kipling，英國作家，著有《*The Jungle Book*》等，短篇小說備受推崇。

6 Robert Louis Stevenson，蘇格蘭作家，英國新浪漫主義代表之一。

7 George Eliot，本名瑪麗安・伊凡斯（Mary Ann Evans），英國維多利亞時代重要作家。擔心其女性身分會導致作品被看輕，而以筆名喬治・艾略特發表創作。

8 Alfred Tennyson，十九世紀英國最受歡迎的詩人，他的詩意境深遠，詞藻優美，如實反映出社會的主流觀點。

星期日

下星期就是聖誕假期，返鄉行李已經收拾妥當堆滿走道，幾乎難以通行。大家都興奮雀躍，心情浮躁，功課全被拋到腦後。這個假期我會有一段美好時光：有個家住德州的新生不回家過節，我跟她要一起出去健走。如果地面結冰，還要學溜冰。當然，整座圖書館的書都在等著我，而我有整整三星期無所事事的時間去讀！

再見了大叔，但願您此刻跟我一樣快樂。

——茱蒂 敬上

附言：

別忘了回答我的問題。如果您嫌寫字麻煩，就吩咐您的祕書發電報。他只要寫：

史密斯先生頭禿得很，

或

史密斯先生沒有禿頭，

或

史密斯先生一頭白髮。

您可以從我下個月的零用錢扣除那兩毛五電報費。

我們一月份再聊囉。祝您聖誕快樂！

耶誕假期尾聲，確切日期不詳

親愛的長腿叔叔：

您那裡正在下雪嗎？我從宿舍望出去，整個世界都披上了白幔，爆米花似的雪片仍然持續落下。時間接近傍晚，冷黃色調的夕陽正要落在某些更清冷的紫色山巒後方。我爬上窗座，利用最後一點霞光給您寫信。

您的五枚金幣帶給我好大的驚喜！我不習慣收到聖誕禮物。您已經給了我很多東西——也就是我所有的東西，我覺得自己不該再多拿了。不過我還是很喜歡。您想知道我用那筆錢買了些什麼嗎？

一、一只銀錶，附皮革盒子。我可以戴在手腕上，以後上背誦課就不會遲到了。

二、馬修．阿諾德[9]的詩集。

三、一個熱水瓶。

四、一條蓋毯（宿舍很冷）。

五、五百張黃色稿紙（我不久之後就要開始當作家）。

六、一本同義辭典（擴大作家的字彙）。

七、（我很想隱瞞這最後一件禮物，但我還是要招認。）一雙絲襪。

好了，大叔，您可別說我有所保留！

如果您真想知道，好吧，我買絲襪的動機有欠高尚。茱麗亞每天晚上到我房間做幾何功課，總是蹺著二郎腿坐在我的沙發上，腳上穿著絲襪。您等著吧，一等她收假回來，我馬上會到她房間，穿著我的絲襪坐在她沙發上。大叔，現在您知道我是多麼可悲的傢伙了吧。至少我很誠實。何況，您看過我在孤兒院的紀錄，老早就知道我不完美，對吧？

---

9 Matthew Arnold，英國詩人、教育家兼評論家。後面提及的〈多佛海灘〉可說是他最知名的作品。

概括而言（英文老師每一句話都是這麼開始的），收到這七件禮物，我非常感恩。我假裝這些禮物是我在加州的家人寄來的。手錶是爸爸送的；蓋毯是媽媽送的；熱水瓶是奶奶給的，她老是擔心我在這冰天雪地的地方會凍著；黃色稿紙來自我弟弟哈利；絲襪是我妹妹伊莎貝兒送的；蘇珊阿姨送我馬修·阿諾德的詩集；哈利叔叔（小哈利就是以他命名）送我那本辭典。原本他想送我巧克力，可是我堅持要同義辭典。

您不反對一人分飾大家庭裡的全部成員吧？

接下來您想聽聽我的假期生活，或者您只對我的學業本身有興趣？希望您看得出「本身」這兩個字的巧妙含意，這是我的最新辭彙。

德州來的那個女生名叫李奧諾拉·芬頓。（這名字幾乎跟耶露莎一樣好笑，對吧？）我很喜歡她，但我更喜歡莎莉。莎莉是我最喜歡的人，當然您除外。我最喜歡的人永遠都會是您，因為您是我所有家人的合體。只要碰到好天氣，我和李奧諾拉還有另外兩個二年級女生，就會漫步走過鄉間，足跡踏遍附近所有地方。我們都穿短裙和毛衣外套，戴著無邊帽，拿著閃閃發亮的手杖方便揮砍障礙物。

我們曾經走到鎮上（四英里），去一家大學女生常去吃午餐的地方。我們點了烤龍蝦（三毛五），甜點是蕎麥蛋糕和楓糖漿（一毛五），營養又便宜。

我們一路玩得很盡興，特別是我，因為這跟孤兒院時期簡直天壤之別。每次我踏出校門，就覺得像個逃出牢籠的犯人。我不假思索地告訴她們這一切對我是多麼新奇，差點露出馬腳，幸好我及時閉嘴，轉移話題。我這個人很難不對人掏心掏肺，因為我天生是個藏不住話的人，如果沒有您這個說話對象，我一定會爆炸。

上星期五晚上我們玩拉糖，是佛格森樓的舍監為留在校園各棟宿舍裡的學生辦的活動。總共有二十二個人，不同年級的學生和樂融融打成一片。廚房超大，石牆上掛著成排成列的銅鍋和水壺，其中最小的砂鍋尺寸比起洗衣鍋爐毫不遜色，因為佛格森樓總共住了四百個女孩子。頭戴白色廚師帽、身穿圍裙的主廚拿出二十二套廚師帽與圍裙——想不通他從哪兒弄來那麼多，但我們大家都變身成廚師了。

過程有趣極了，只是成品賣相還有進步空間。等到拉糖終於完成，我們自己身上、廚房和門把也都黏答答了。我們排成縱隊，依然是廚師打扮，各自拿著大叉子、湯匙或平底鍋，齊步走過空蕩蕩的走廊，到達教職員休息室。當時有五、六位教授和講師正在那裡安度平靜夜晚，我們對他們輕唱校園歌曲，請他們享用點心。他們客氣地收下了，臉上的表情卻有些遲疑。我們轉身離去，留下他們無語地舔食黏糊糊的拉糖。

大叔，我又學到新技能了！

您真的覺得我應該當作家，而不是畫家？

假期只剩兩天，我很期待看到其他女孩。宿舍裡有點寂寞，四百人的宿舍裡只住了九個人，實在空洞了些。

十一頁了，可憐的大叔，您一定讀累了！

原本我只打算寫幾句感謝的話，可是一下筆就停不了。

再見，謝謝您能想到我。我應該會非常快樂的，可惜前方不遠處有朵掃興的烏雲：二月就要考試了。

——愛您的　茱蒂

附言：

我用「愛您的　茱蒂」可能不太恰當吧？如果不恰當，請見諒。我一定得愛某個人，而我只有您跟李蓓特太太可以選擇。所以囉，寶貝大叔，您不得不忍著點，因為我沒辦法愛她。

除夕夜

親愛的長腿叔叔：

您真該感受一下此刻瀰漫校園的K書氣氛！我們都忘了剛放過假。過去四天裡，我在腦袋裡輸入了五十七個不規則動詞，但願它們能停留到考試結束。

有些女生會把用過的教科書賣掉，但我打算留著。等我畢業的時候，我受過的教育就會整齊排列在書架上。如果我需要知道某些細節，隨時可以毫不遲疑地拿來查。這比勉強把它們留在腦子裡來得更輕鬆，也更正確。

今天晚上茱麗亞過來正式拜訪，待了整整一小時。她聊起家庭這個話題，我**沒有辦法**讓她閉嘴。她想知道我媽媽的娘家姓。您聽聽，怎麼會有人問在孤兒院長大的人這麼唐突的問題？我沒有勇氣告訴她我不知道，只好悲慘地隨口說出腦海裡浮現的第一個姓氏，蒙哥馬利。接著她又想知道是麻薩諸塞州的蒙哥馬利，或維吉尼亞州的蒙哥馬利。

她媽媽娘家姓拉塞福，是搭諾亞方舟來的，跟亨利八世有姻親關係。她爸爸的家族更古老，甚至超越亞當。她家的族譜最頂端是某一支品種優良的猴子，身上的毛細軟如絲綢，尾巴特別長。

今晚我原本打算給您寫一封友善、開懷又逗趣的信，可是我太睏了，也很擔心考試。大一新生的命運稱不上幸福快樂。

——即將接受考驗的茱蒂・艾伯特　敬上

✉

星期天

親愛的長腿叔叔：

我要告訴您一個很糟、很糟、很糟的消息。等會兒再說，我先逗您開心。

耶露莎・艾伯特正式展開作家生涯。她的詩〈我的宿舍〉刊登在二月份的校刊《月刊》裡，而且在第一頁，這對大一學生是莫大的榮耀。昨天晚上走出禮拜堂的時候，我的英文老師攔住我，說那是一首很美的作品，除了第六行以外，第六行音步太多。我抄錄一份給您，也許您會想讀。

我想想還有沒有其他開心的事。喔，對了！我在學溜冰，已經可以用還算優雅的姿勢滑行。我也學會從體育館屋頂拉著繩索滑下來。另外，我撐竿跳可以跳到三英尺六英寸，希望短時間之內可以進步到四英尺。

今早我們聽了一場很啟迪人心的講道，主講人是阿拉巴馬州的主教。他選擇的經句是：「不要論斷別人，免得自己被論斷。」意思就是，我們必須寬容別人的過失，不要用嚴厲的評語打擊別人。真希望您也聽到了。

今天的午後冬陽特別燦爛、特別耀眼。冷杉枝頭掛著垂冰，整個世界都被積雪壓得彎下腰來。除了我，我是被懊悔的重量壓得直不起腰。

該吐露真相了。茱蒂，勇敢點！妳一定得說出來。

您**當真**心情不錯嗎？我的幾何學和拉丁作文不及格。我正在接受補救教學，

本月新聞
茱蒂學溜冰
學撐竿跳
腿超難畫!
學拉繩下滑
她兩科不及格，
掉了無數滴淚
她保證會
用功讀書
LATIN GRAMMAR

下個月補考。如果讓您失望，我很抱歉，否則的話，我其實一點都不在乎，因為我學到很多課程綱要裡沒有的東西。我讀了十七本小說和許多許多詩。那些都是必讀的小說，像是《浮華世界》、《理查．費佛拉的考驗》、《愛麗絲夢遊仙境》。另外還有愛默生[10]的《散文集》和洛克哈特[11]的《史考特的一生》。我也讀了吉朋[12]的《羅馬帝國衰亡史》第一集，以及半部本韋努托．切利尼[13]的《自傳》，他很有意思吧？他會在早餐前出門閒逛，隨心所欲地殺個人。

所以說，大叔，假使我把時間都花在拉丁文上面，就不會長這麼多知識了。如果我保證以後永遠不再考不及格，您能不能原諒我這一回？

——負荊請罪的茱蒂　敬上

親愛的長腿叔叔：

現在是月中，我多寫這封信，因為我今晚格外孤單。外面風雪超大，校園裡的燈都熄了，而我喝了黑咖啡，了無睡意。

今晚我辦了晚餐派對，主客有莎莉、茱麗亞和李奧諾拉，陪賓是沙丁魚、杯子蛋糕、沙拉、牛奶糖和咖啡。茱麗亞說她玩得很開心，莎莉留下來幫我清洗碗盤。

今晚我也許會善用時間複習拉丁文，只是，無庸置疑地，我對拉丁文完全提不起勁。我們剛讀完李維[14]和《論老年》[15]，目前正在讀《論友誼》（發音類似「該死的伊西提亞」）。

---

10 Ralph Waldo Emerson，美國哲學家兼文學家，美國超驗主義文學運動領袖。

11 John Gibson Lockhart，蘇格蘭作家。《史考特的一生》為最知名的著作，也是其岳父的傳記。

12 Edward Gibbon，英國歷史學家兼國會議員。《羅馬帝國衰亡史》是他最重要的著作。

13 Benvenuto Cellini，義大利文藝復興時期的金匠、雕塑家兼音樂家，是十六世紀風格主義（Mannerism）的重要藝術家。

14 蒂托．李維（Tirus Livius），古羅馬著名的歷史學家。

15 《*De Senectute*》，作者是羅馬共和國晚期的哲學家西塞羅。

您介不介意假裝是我奶奶，只要一下下就好？莎莉有一個奶奶，茱麗亞和李奧諾拉各有兩個，今晚她們都在比較自己的奶奶。我多麼希望有個奶奶，因為祖孫關係聽起來相當迷人。昨天我到鎮上去，看見一頂超可愛的蕾絲無邊帽，以淡紫色緞帶飾邊。如果您真的不反對，我打算買來當作您八十三歲生日禮物。

！！！！！！！！！！！！

那是禮拜堂鐘聲敲十二響，我終於有點睏了。

奶奶晚安。

——超愛您的茱蒂　敬上

三月十五日

親愛的D. L. L.：

我正在學寫拉丁散文。我已經持續學寫一段時間了，我即將開始學，我即將開始持續學。我的補考時間是下星期二第七節，我要嘛及格過關，要嘛失敗被當。所以，我的下一封信如果不是快快樂樂、無事一身輕，就是肝腸寸斷。

等事情過後，我會寫一封像樣點的信。今晚我跟拉丁文法的奪格獨立片語有個緊急約會。

——明顯匆忙的J. A. 敬上

三月二十六日

D. L. L. 史密斯先生：

先生，您始終沒有回答我的問題，您對我所做的任何事都顯得毫不關心。您可能是那群差勁董事裡最差勁的一個。您之所以送我上大學，不是因為您有那麼一丁點關心我，只是基於一股責任感。

我對您一無所知，連您叫什麼名字都不知道。寫信給一件「東西」實在是很沒營養的事。我完全相信您直接把我的信扔進字紙簍，一封都沒讀過。從今以後我只寫功課上的事。

我的拉丁文和幾何學補考是在上星期，兩科都及格，所以我現在已經甩開煩惱了。

——耶露莎・艾伯特　敬上

四月二日

親愛的長腿叔叔：

我真是**豬狗不如**。

請忘掉我上星期寫給您的那封恐怖信件。寫那封信的那天晚上我心情孤單難過，喉嚨又痛。當時我不知道自己得了扁桃腺炎、流行性感冒和很多其他病症。我現在在醫務室，已經住進來六天了。他們到今天才允許我坐起來寫東西：這裡的護士長很跋扈。這段時間我一直記掛著那封信，如果您不原諒我，我的病好不了。我畫了我現在的模樣，頭上的繃帶打了個兔耳朵結。

這樣有沒有激發您的同情心？我的舌下腺腫起來了。我學了一整年的生理學，卻沒聽過舌下腺，受教育真是白費功夫！

我沒辦法再寫下去了，我坐太久就會渾身發抖。請原諒我的無禮和不知感恩，我家教很不好。

——愛您的　茱蒂・艾伯特

四月四日

醫務室

最親愛的長腿叔叔：

昨天傍晚天快黑的時候，我正坐在病床上看著外面的雨，對在這個偌大機構裡的生活感到無比厭倦。那時護士拿著寫著我名字的白色長盒走進來，裡面裝滿最美麗的粉紅色玫瑰花蕾。更棒的是，盒裡還附了一張措辭無比文雅的卡片，斜向左上方的字跡有點好笑（卻充滿個性）。大叔，謝謝您，千謝萬謝。您的花是我這輩子收到的第一份真正禮物。您知道我有多麼幼稚嗎？我躺下來哭得唏哩嘩啦，因為我太開心了。

既然我確定您會讀我的信，我要寫得更加有趣，這樣它們才值得用紅色緞帶綑紮起來，收進保險箱裡。只不過，請您先把那封恐怖信件拿出來燒了，我不喜歡您將來又拿出來讀。

感謝您讓一個病懨懨、氣呼呼、慘兮兮的大一新生重展笑靨。您可能有很多相親相愛的家人朋友，不了解孤苦伶仃的感覺，我卻有深刻體會。

再見，我保證以後再也不鬧彆扭，因為現在我知道您真的存在。我也保證以後不再問您任何問題。

您還討厭女生嗎？

——永遠敬愛您的 茱蒂

✉

星期一第八節

親愛的長腿叔叔：

但願您不是那個坐到蟾蜍的董事。我聽說那隻蟾蜍爆開時「啵」的好大一聲，所以應該是某個比較胖的董事。

您記不記得，約翰格利爾孤兒院洗衣間窗台旁有很多小洞？就是上面有格柵那地方。每年春天蟾蜍出現的時候，我們都會抓很多蟾蜍，放進那些窗邊小洞裡。偶爾牠們會跑進洗衣間，在洗衣日掀起騷動，逗得大家笑哈哈。這類行為常會招致嚴厲懲罰。只是，不管大人們如何三申五令，我們還是會養蟾蜍。

有一天，細節我就不多說了，總之，有一隻最胖、最大、**最肥嫩多汁**的蟾蜍跳到董事室裡的一張大皮椅上。那天下午開董事會的時候，您當時也在場，應該記得發生什麼事吧？

事過境遷之後，我用比較冷靜的心情回顧那件事，覺得當時受到的處罰很合理，而且——如果我沒記錯——格外充分。

我不明白自己為什麼突然想起這些前塵往事，想必是春天到了，蟾蜍一出現，就會勾起舊時那股想抓來玩玩的衝動。現在我之所以沒有付諸行動，完全是因為沒有人禁止我去抓。

星期四，禮拜結束後

您猜我最喜歡的書是哪一本？我是指此時此刻，我每隔三天就換一本。是《咆哮山莊》。艾蜜莉．勃朗特寫這本書的時候年紀很輕，而且從沒離開過她在霍沃思教區的家。她一生中沒有結識過任何男性，**怎麼**想像得出赫斯克利夫這樣的男人呢？

我就辦不到。該有的條件我都有：年紀不大，沒離開過約翰格利爾孤兒院。有時我會一陣恐慌，擔心自己沒有天分。大叔，萬一我成不了偉大作家，您會不會很失望？春天裡到處欣欣向榮，綠意盎然，新芽初冒，我多麼想拋開功課，跑出去跟春神戲耍。田野間有那麼多新奇事物等著我去探究！活在書本裡要比寫書快樂得多。

啊！！！！！！

那是一聲尖叫，把莎莉、茱麗亞和（有那麼討人厭的片刻）那個四年級生從走廊對面引過來。惹出那聲尖叫的禍首是蜈蚣，差不多像這樣，只是更噁心。我剛寫完上一句，正在構思接下來的內容——啪！牠從天花板掉下來，落在我身旁。我倉皇走避的時候打翻茶几上的兩只杯子。莎莉用我梳子背面使勁一拍，牠的前半截死了，後半截那五十隻腳溜進衣櫃底下消失無蹤。那把梳子我死也不敢再用了。

這棟宿舍一來年代久遠，二來外牆爬滿藤蔓，所以藏了很多蜈蚣。真是叫人毛骨悚然的物種，床底下躲著老虎都沒那麼嚇人。

星期五下午九點三十分

今天諸事不順！

早上我沒聽見起床鈴，匆忙換裝時又扯斷鞋帶，領釦一失手就沿著脖子往下滑。我早餐遲到，第一節的背誦課也遲到。我忘了帶吸墨紙，偏偏鋼筆漏水。上三角函數時，我跟教授在某個對數的小問題上見解不同。我查過之後，發現她的看法正確。午餐是燉羊肉和大黃，兩種我都討厭，味道像極了孤兒院伙食。郵差送來的只有帳單（我不得不承認我沒收到過別的信件，我家人不愛寫信）。

下午的英文課有一份意外教材，內容如下[16]：

我只提出唯一要求，
也唯有這要求被回絕。
我願意以生命交換，
那偉大商人露出笑臉。
巴西？他撥弄著衣釦，
看都不看我一眼：
可是女士，難道您今天

不想看點別的？

這是一首詩。我不知道作者是誰，也不明白它的意思。我們進教室的時候，就看見它寫在黑板上。老師要我們寫點心得。我讀第一節的時候，覺得自己好像有點概念。那偉大的商人是某個神祇，祂會賜福給行善的人。等我讀到第二節，發現他在撥弄衣釦，就覺得先前的解讀似乎褻瀆了神明，連忙改變主意。班上其他同學也面臨同樣困境，大家在教室裡呆坐了四十五分鐘，面前的紙張還是一片空白，腦袋也一樣空空如也。受教育真是超級累人的事！

今天的麻煩還沒完，更糟的還在後頭。

下雨了，高爾夫球課上不成，只好換到體育館。旁邊那女生的印度棒敲中我

---

16 這是艾蜜莉．狄金生（Emily Dickinson）的詩作〈*I Asked No Other Thing*〉。生前沒沒無聞，只發表過十多首詩，被譽為美國最重要的詩人之一。

手肘。回到宿舍以後，發現新的藍色春裝送來了，可是裙子太緊，根本坐不下來。

星期五是打掃日，清潔女傭把我桌上的紙張全弄亂了。午餐甜品是「墓碑」（香草口味的牛奶凍）。晚上的禮拜比平時延長二十分，宣講如何做個守本分的女人。

然後，我放鬆地長吁一聲，正打算翻開亨利．詹姆斯的《一位女士的畫像》以慰這一天的辛勞，卻有個名叫阿克莉的女孩（臉蛋像麵團、無可救藥地愚蠢到底）跑來問我星期一的課要從第六十九頁或七十頁開始上。她在拉丁課坐我隔壁，因為她的姓氏也是A開頭。我多麼希望當年李蓓特太太幫我選的是Z開頭的札布里斯基。結果她在這裡待了整整一小時，剛剛才走。

有誰碰過這麼一連串叫人喪氣的倒楣事嗎？人生路上，需要拿出勇氣面對的往往不是那些重大難關。遭遇危機或毀滅性悲劇時，任何人都能拿出大無畏的精神迎戰它。但是，面對生活瑣事的考驗還能一笑置之，那真的需要一點**氣魄**。

我就是要培養出那種果敢。我要假裝生命只是一場遊戲，我必須使盡渾身解數、公平公正地參與。就算輸了，我也只是聳聳肩，淡然微笑，贏了也一樣。

總之，我要當個豁達的人。親愛的大叔，您再也不會聽見我埋怨茱麗亞穿絲襪或蜈蚣從牆上掉下來之類的事。

——茱蒂 敬上

請盡快回信。

五月二十七日

長腿叔叔閣下：

敬啟者：我收到李蓓特太太來信，她希望我在品德和學業上都有進步。這個暑假想必我無處可去，她願意讓我回到孤兒院打工換食宿，直到學校開學。

我痛恨約翰格利爾孤兒院！

與其回去，我不如死掉算了！

——實話實說的耶露莎．艾伯特　筆

親愛的長腿叔叔：

您真是好心人！

農場的事讓我好開心，parce que（因為）我這輩子從來沒去過農場，而我痛恨retoumer（回到）約翰格利爾每天洗碗盤。我怕我哪天脾氣失控，可能會發生一些chose affreuse（不太妙的事），比如把孤兒院所有的杯子碟子全砸碎。

這封信如此brièveté（簡短），請見諒。我沒辦法寫太多，因為現在是法文課，我擔心Monsieur le Professeur（教授先生）馬上會叫到我。

他真的喊我了！再見，我太愛您了。

——茱蒂　敬上

五月三十日

親愛的長腿叔叔：

您來過這個校園嗎？（這只是修飾性問題，請別為它傷神。）五月裡的校園真是美得像天堂。灌木林繁花盛開，樹木一片新綠，就連那些蒼勁的老松都顯得清新有活力。草地上點綴著嫩黃的蒲公英和幾百個穿著天藍、潔白或粉紅洋裝的女孩。每個人都笑逐顏開，歡天喜地，因為暑假就快到了，長假在望，連考試都不值得掛懷。

能這麼快樂是不是很美好？喔，大叔！我是其中最快樂的一個！因為我永遠脫離孤兒院了，不再是任何人的保姆或打字員或記帳員（如果不是您，我就會是）。

現在我為過去的諸多劣行感到抱歉。

很抱歉我以前對李蓓特太太不禮貌。

很抱歉我以前打弗瑞迪耳光。

很抱歉我以前把鹽巴放進糖罐裡。

很抱歉我以前在董事背後扮鬼臉。

我以後要對所有人和善、溫柔、友好，因為我現在太幸福了。今年夏天我要拚命寫寫寫，立志當個偉大作家。這是不是個無比崇高的目標？對了，我還要發展出完美品格！縱然它在風霜雪雨中會枯萎凋零，但只要陽光露臉，就會茁壯挺拔。

這個道理適用所有人。我不相信什麼逆境、悲傷與失望能砥礪心志之類的說法。快樂的人才有餘力表現良善。我對憤世嫉俗（很棒的成語！剛學到的。）的人沒有信心。大叔，您不會憤世嫉俗吧？

這封信一開頭聊的是校園。真希望您可以撥點時間來一趟，讓我帶您到處參觀，為您介紹：

「那是圖書館。親愛的大叔，這是煤氣廠。您左手邊的哥德式建築是體育館，它旁邊那棟都鐸王朝的羅馬式建築是新的醫務室。」

我挺會帶人參觀的，在孤兒院裡是家常便飯，今天一整天也都在做這件事，真的。

而且對象是個男的！

真是很難得的經驗。我以前從沒跟男人說過話（除了偶爾跟董事交談，但他們不算。）抱歉，大叔，我奚落董事的時候，絕沒有傷害您的意思。我不認為您是他們的一分子，您只是陰錯陽差進了董事會。那一類的董事，就其本身而言，通常肥胖、浮誇又仁慈，身上掛著金錶鍊，喜歡拍人家的頭。

這張圖看起來像金龜子，不過我畫的是除您之外的所有董事。

總之，言歸正傳：

今天我跟某位男士一起散步、聊天、喝下午茶，而且是位特別優秀的男士。他就是茱麗亞家族裡的杰維・彭鐸頓先生，簡短來說（應該是「延長來說」，因為他跟您一樣高。）就是她叔叔。他來鎮上洽公，臨時起意到學校探望他姪女。他是她爸爸最年幼的弟弟，只不過，她跟他關係不是很親密。茱麗亞剛出生的時候他似乎瞥了她一眼，覺得不喜歡她，從此沒再多看她一眼。

總之，他來了，氣宇非凡地坐在接待室，帽子、手杖和手套放在身邊。那時茱麗亞和莎莉正好在上第七節的背誦課，抽不開身。所以茱麗亞衝進我房間，求我帶他逛逛校園，等第七堂課結束後再帶他去找她。我答應了她，雖然樂於幫忙卻不是很熱中，因為我不是很喜歡彭鐸頓家族的人。

沒想到他個性溫馴討喜，是個有血有肉的人，一點都不像彭鐸頓。我們聊得非常愉快，於是我開始渴望有個叔叔。您介不介意假裝是我叔叔？我覺得叔叔比奶奶好多了。

大叔，彭鐸頓先生讓我想起您，二十年前的您。看吧，即使我們沒見過面，我還是很了解您！

他又高又瘦，黝黑的面容藏著許多紋路，似有若無的笑容始終不曾真正浮現，只在嘴角牽出細微褶皺，有趣極了。他有辦法讓人迅速卸下心防，彷彿認識他很久了似的，算是個很好相處的人。

我們從中院走到運動場，逛遍整個校園。這時他說走累了，需要來點下午茶，邀我一起到校園附近松樹小徑旁的大學小館。我說我們必須回去找茱麗亞和莎莉，他卻說不希望姪女喝太多茶，因為茶會讓她們精神緊張。所以我們一起溜走，在陽台一張典雅的小餐桌旁品嚐了茶、杯子蛋糕、橘子醬、冰淇淋和蛋糕。當時小館裡正好沒有其他顧客，因為月底到了，學生們的零用錢所剩無幾。

我們度過一段最愉快的時光！一回到學校，他馬上要去趕火車，幾乎沒有跟茱麗亞碰上面。茱麗亞火冒三丈，責怪我帶走她叔叔。他好像是個非常有錢、很受歡迎的叔叔。得知他很有錢，我鬆了一口氣。因為我們喝的午茶和點心每一份都要六毛錢。

今天早上（已經星期一了）快遞送來三盒巧克力，給茱麗亞、莎莉和我。竟然有男人送我巧克力！很稀罕吧。

我開始覺得自己是個女孩子，而不是棄兒了。

真希望有一天您也能來喝茶，讓我看看我喜不喜歡您。萬一我不喜歡您，不是糟糕透了？只不過，我知道我應該會喜歡您。

真好！謹此向您致敬。

——「永誌不忘」

茱蒂

附言：

今早我照鏡子時，發現臉上有個從沒見過的全新酒窩。太怪了，您覺得它是怎麼來的呢？

六月九日

親愛的長腿叔叔：

開心的日子！我剛考完最後一科生理學。接下來就是——

在農場上住三個月！

我不知道農場是個什麼樣的地方。我這輩子從沒去過農場，連見都沒見過（除了從車窗遙望）。可是我知道我會喜歡它，我也會喜歡那種**無拘無束**的感覺。

我到現在還不敢相信自己已經脫離約翰格利爾孤兒院。只要想到這一點，就會有一陣陣興奮感在我後背竄上竄下。我覺得我必須加緊腳步往前跑，還得時時回頭張望，確認李蓓特太太沒有追上來，伸長了雙臂要抓我回去。

今年夏天我誰都不必在乎，是不是？

您名義上的威權困擾不了我，因為您鞭長莫及。至於李蓓特太太，在我心裡她已經死了，永遠不會復活。山普夫婦應該沒有奉命監督我的言行舉止，對吧？

不會的，這點我敢肯定。我已經完全長大了。萬歲！

我要停筆去打包行李，還得把茶壺、碗碟、沙發椅墊和書本分裝到三只箱子裡。

——茱蒂 敬上

附言：

這是我的生理學考試卷。您覺得您能考及格嗎？

✉

星期六晚上，拉克威羅農場

最親愛的長腿叔叔：

我剛到，行李還沒打開，急著想告訴您我多麼喜歡農場。這真是**超棒**、超棒、超棒的地方！農場上的屋子像這樣方方正正：

而且很**古老**，大約一百年了。屋子側邊有迴廊，我畫不出來。前面有個可愛的門廊。我畫的圖實在委屈（污衊）它了。那些看起來像雞毛撢子的東西是楓樹，車道旁那些尖刺狀的是松樹和鐵杉。屋子坐落在丘陵頂端，可以遠眺綿延好幾英里的翠綠草地，直到另一群山丘。

康乃狄克州的地勢峰峰相連，就像大波浪髮型，拉克威羅農場剛好落在其中一座峰頂上。以前穀倉位在馬路對面，擋住

視線，後來從天堂劈下一道好心閃電，把那些礙眼的穀倉給燒光了。

農場主人是山普夫婦，他們雇了一個女孩和兩個男人幫忙。雇工都在廚房裡用餐，茱蒂和山普夫婦則在用餐室。晚餐有火腿、蛋、餅乾、蜂蜜、果凍蛋糕、餡餅、醃菜、乳酪和茶，還有說不完的話。我這輩子從來不曾這麼搞笑，我說的每一句話好像都很滑稽。應該是吧，畢竟我從沒在鄉下待過，我提出的任何問題都暴露我不可救藥的無知。

打叉做記號的那個房間不是命案現場，而是我住的地方。寬敞又方正的空房間裡，有可愛的老式家具，窗子得用棍棒

撐開，滾金邊的綠色百葉簾一碰就掉。還有一張正方形的紅木大桌，整個夏天我都要攤開手肘趴在上面寫小說。

喔，大叔，我太興奮了！等不及天亮要出去探索。現在八點半，我要吹熄蠟燭準備就寢了。明天五點起床。您體驗過這麼有趣的生活嗎？真不敢相信茱蒂能有今天。您和仁慈的天主給了我太多，我一定得變成非常、非常、**非常好**的人，才能回報你們。我一定會的，您等著看。

晚安。

——茱蒂

附言：

您真該聽聽青蛙的歌聲和小豬的尖叫聲，您也該看看那一彎新月！我轉向右邊就看見了。

七月十二日

拉克威羅農場

親愛的長腿叔叔：

您的祕書是怎麼知道拉克威羅農場這個地方的？（這不是隨口問問，我真的很想知道答案。）因為您聽聽：這座農場以前的主人是杰維．彭鐸頓先生，後來他把它送給小時候照顧他的奶媽，就是山普太太。您聽說過這麼離奇的巧合嗎？她到現在還喊他「杰維少爺」，總說他以前是個多麼可愛的小男生。她到現在還保留他嬰兒時期的一束鬈髮，收藏在盒子裡。那頭髮是紅色的，至少算偏紅！

自從她發現我認識他，我在她心目中的地位立刻扶搖直上。只要您認識彭鐸頓家族成員，就會變成拉克威羅農場的上賓，而杰維少爺是整個彭鐸頓家族的寵兒。很高興在此宣布，茱麗亞屬於比較次級的一房。

農場越來越有意思了。昨天我搭拉乾草的馬車。我們有三頭大豬和九隻小豬。您真該瞧瞧牠們吃東西的德性，活脫脫一群豬！我們有好多好多小雞、鴨子、火雞和珠雞。如果您有機會住農場卻選擇住城市，那一定是腦袋不正常。

我每天的任務就是撿雞蛋。昨天我爬向那隻黑母雞偷來的巢的時候，從穀倉閣樓的橫樑摔了下來。我帶著膝蓋上的破皮進屋時，山普太太幫我敷金縷梅包紮傷口，嘴裡不停念叨：「天哪！天哪！杰維少爺從同一根橫樑摔下來、傷到同一隻膝蓋，好像才昨天的事。」

農場周邊的景色漂亮極了。附近有個山谷，有條小河，還有大片大片披覆林木的山丘，更遠處有一座藍色高山，極其淡雅秀麗。

我們每星期攪打兩次奶油，打好的奶油貯存在冷藏間。那是一棟石屋，底下有一條小溪流過。有些農場使用分離機，我們卻不喜歡那些時髦玩意兒。用淺鍋分離奶油或許比較吃力，卻很值回票價。我們有六頭牛犢，我幫牠們一一命名。

1 席薇亞。因為她在樹林裡出生[17]。

2 列絲比雅。取自卡圖盧斯詩集裡的列絲比雅[18]。

3 莎莉。

4 茱麗亞。身上有斑點的無趣小傢伙。

5　茱蒂。以我命名。

6　大叔。您不介意吧？他是純種娟姍牛，性情溫馴。模樣就像這樣，不難看出這個名字有多麼合適。

我還沒時間動筆撰寫我那本傳世小說，農場的事忙得我分身乏術。

——茱蒂　敬上

17　Sylvia 的拉丁語意為「森林」。

18　Lesbia 是羅馬共和國抒情詩人卡圖盧斯（Catullus）詩作中的女主角。

附言：我學會做甜甜圈了。

附言（二）：如果您有意養小雞，容我推薦淡黃奧平頓種，牠們沒有纖毛。

附言（三）：真希望可以寄給您一塊我昨天攪打的新鮮美味奶油。我可是個能幹的酪農場女工唷！

附言（四）：這是耶露莎．艾伯特小姐的畫像，未來的偉大作家，正在趕乳牛回家。

金鳳花
黛西
柏蒂
貝絲
小斑
我不會畫乳牛啦！

星期天

親愛的長腿叔叔：

昨天下午原本打算給您寫信，剛寫了開頭「親愛的長腿叔叔」這幾個字，卻想到我答應要採些晚餐吃的黑莓，所以我把信紙留在桌上一溜煙跑走。今天我要繼續寫信的時候，您猜我在信紙正中央看到了什麼？長腿蜘蛛本尊！很有趣吧？

我無比輕柔地拎起他的一隻腳，從窗子送他出去。我絕不會傷害這種動物，因為他們讓我想起您。

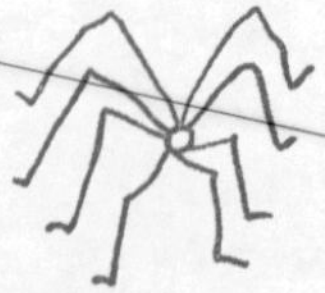

今天早上我們套好春季馬車，駕著它到鎮中心上教堂。那是一間溫馨的白色小教堂，有座螺旋塔，正前方有三根多立克式柱（或者愛奧尼式柱，這兩種我老是搞混）。

今天的佈道很催眠，所有人都昏昏欲睡地揮動手中的棕櫚扇。除了牧師的聲音外，唯一的聲響就是外面樹上蝗蟲的啾啾鳴叫。我一直到發現自己站起來唱讚美詩的時候才清醒過來，之後我又為了沒有乖乖聽講愧疚不已。我真的很好奇，選出這首讚美詩的男人會有什麼樣的內心世界。它的內容是：

來吧，拋下你的消遣與俗物，
跟我一起踏入天國歡欣鼓舞；
或者，吾友，你我自此闊別，
我將任你沉淪地獄哀痛欲絕。

我發現跟山普夫婦討論宗教有點冒險。他們的神（從他們作古已久的清教徒老祖宗那裡原封不動繼承而來）是個狹隘、不理性、不公平、刻薄、報復心強又頑固偏執的人。謝天謝地我不必繼承任何人的神！我可以按照自己的意思塑造祂。祂仁慈、有同情心、想像力豐富、寬容善解，而且有幽默感。

我很喜歡山普夫婦，他們的行事作為遠比他們的理論高尚得多。他們比他們自己信仰的神更良善。我跟他們這麼說，害得他們惶恐忐忑。他們覺得我褻瀆神明，我覺得他們才褻瀆神明！最後我們默契十足地避開宗教話題。

現在是星期日下午。

阿瑪賽（男性雇工）繫著紫色領帶、手戴鮮黃色鹿皮手套，紅通通的臉龐刮得一乾二淨，剛剛駕車載著凱莉（女性雇工）離開。凱莉頭上的大帽子插著紅玫瑰，身穿藍色棉布洋裝，頭髮捲得一絲不苟。阿瑪賽一整個早上都在洗那輛輕便馬車；凱莉留在農場沒上教堂，表面理由是要準備午餐，其實是為了燙那件棉布洋裝。

再過兩分鐘等這封信寫完，我就要靜下來讀一本我在閣樓找到的書。書名叫《小徑上》，以下這些字橫跨在扉頁上，是小男孩的可愛筆跡：

杰維・彭鐸頓

假使這本書出門玩耍，

賣它一耳光送它回家。

他十一歲的時候生了一場病，病癒之後來這裡住了一個夏天，《小徑上》就是那次留下來的。書本看起來經常讀，到處都有他髒兮兮的小手印！閣樓的角落裡還有水車、風車和一些弓和箭。山普太太經常提起他，我開始相信他真的存在。不是一個戴絲綢帽子拿手杖的成年男子，而是性情和善、頭髮蓬亂的髒小孩。那小男孩啪嗒啪嗒跑上樓梯時會發出驚天動地的聲響，老是忘了關紗門，成天討餅乾吃。（根據我對山普太太的了解，他總是如願以償！）他好像有個愛探險的小靈魂，勇敢又真誠。可惜他是彭鐸頓家族的一員，他應該出生在更好的人家。

明天我們要打燕麥，會來一部蒸汽打穀機和三個額外人手。

我無比沉痛地知會您，金鳳花（那隻有一隻角的乳牛，也就是列絲比雅的媽媽）做了一件有失體面的事。她星期五晚上偷偷溜進果園，大啃樹下的蘋果。她吃個不停，吃到頭昏眼花，整整醉了兩天！我句句屬實。您聽說過這麼丟臉的事嗎？

——先生，我依然是，
衷心仰慕您的孤兒
茱蒂．艾伯特

附言：

第一章是印第安人，第二章是攔路打劫的強盜。我屏息以待，第三章會是什麼內容？卷首插畫的主題是：「紅鷹凌空躍起六公尺，然後氣絕身亡。」茱蒂和杰維可不是樂翻天了？

九月十五日

親愛的長腿叔叔：

昨天我在康諾斯那家雜貨鋪的麵粉秤上量體重。我重了九磅！鄭重向您推薦最佳養生度假勝地：拉克威羅農場。

——茱蒂 敬上

九月二十五日

親愛的長腿叔叔：

看哪，我升大二了！我上星期五北上，離開拉克威羅農場萬般不捨，重返校園卻也開心。回到熟悉環境的感覺真好。我開始融入大學生活，也能從容應付這裡的一切。事實上，我開始融入這個世界，彷彿我真正屬於這裡，而非仰人鼻息地苟且偷生。

我猜您完全不明白我想表達的意思。一個地位顯赫到足以擔任董事職務的人，只怕很難理解一個身分卑微到只能當棄兒的人的感受。

那麼，大叔，您聽聽這個。您猜猜今年我的室友是誰？是莎莉和茱麗亞。千真萬確。我們有一間書房和三間小臥室，請看！

去年春天我跟莎莉就希望住在一起，茱麗亞則是下定決心要繼續跟莎莉當室友。這是為什麼？我想不通，她們倆個性南轅北轍呀。可是彭鐸頓家的人天生古板、冥頑不靈（好詞！），很難改變心意。總之，我們就住在一起啦。想像約翰格利爾孤兒院前院生耶露莎・艾伯特跟彭鐸頓家成員同寢室，這果然是個民主國家。

莎莉正在競選班代表，除非爆出冷門，否則她篤定當選。您真該見識一下校園裡爾虞我詐的氛圍，看看我們多麼像政客！大叔，我可告訴您，一旦我們女人掌握權力，你們男人如果想繼續保有權力，最好上緊發條。投票日是下星期六，不管誰當選，那天晚上我們都會辦一場火把遊行。

我開始上化學，真是一門非常特別的課，以前沒接觸過這種東西。課程涉及的物質是分子與原子，等到下個月我就能更明確地討論它們。

這學期我還修了辯論和邏輯學。

還有世界歷史。

還有莎士比亞戲劇。

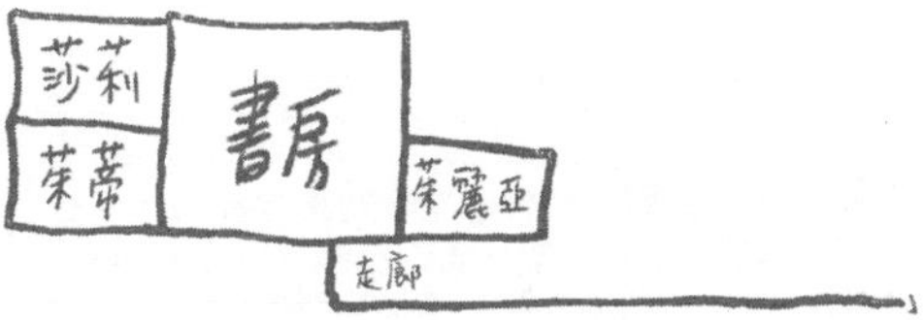

還有法文。

如果持續下去，多年後我就會學富五車。

我其實寧可選經濟學也不要選法文，但我不敢，因為我擔心如果不繼續選修法文，教授不會讓我及格。果然六月的法文考試我只是低空飛過。可是話說回來，我高中的基礎畢竟不夠扎實。

班上有個女孩說起法語跟英語一樣流利。她小時候跟父母出國，在教會學校讀了三年。您不難想像，跟我們其他人比起來，她顯得多麼出色，能把不規則動詞玩得出神入化。真希望小時候父母把我扔進法國修女院，而不是孤兒院。噢，不行，我不要！因為這樣一來我可能永遠沒機會認識您。比起學法文，我寧可認識您。

再見了，大叔。我該去找哈麗葉．馬丁了，我要跟她討論化學，順便有意無意地聊聊我對班代選舉的看法。

——政客　J. 艾伯特　敬上

十月十七日

親愛的長腿叔叔：

假設體育館裡的游泳池裝滿了萊姆果凍，游泳的人會浮起來或沉下去？

我們吃著萊姆果凍甜點的時候，有人提出這個問題。經過半小時熱烈討論，還是沒有結論。莎莉覺得她可以在果凍裡游泳，但我百分之百肯定世界一流的游泳高手都會沉下去。溺死在萊姆果凍裡是不是很好笑？

另外兩個問題也是我們這一桌的討論焦點。

八角形屋子裡的房間應該是什麼形狀？有些女孩一口咬定是正方形，我倒覺得應該像一片派餅。您說呢？

假設有個鏡子做的超大中空球體，你坐在裡面。在鏡子裡，你的臉到哪裡為止，背部又從哪裡開始？你越是想弄清楚，腦袋就越糊塗。您看，我們休息的時候都在探討多麼深刻的哲學議題！

我告訴您選舉結果了嗎？三星期前就揭曉了，我們日子過得何其匆忙，三星期已經是古代歷史了。莎莉當選了，我們拿著火把去遊行，高舉寫著「麥克布萊萬歲！」的透明片，遊行隊伍包括一支樂隊，共有十四件樂器（三把口琴和十一把充數的梳子）。

我們二五八寢室裡的人忽然變成了大人物。我和茱麗亞沾了不少光彩。跟班代表住同一間寢室，免不了有些社交壓力。

——晚安，親愛的大叔，

請接受我的致意。

尊敬您的 茱蒂

十一月十二日

親愛的長腿叔叔：

昨天籃球比賽我們打敗一年級。我們當然開心，只是，唉，如果能贏三年級該有多好！就算我全身青一塊紫一塊、敷著金縷梅膏藥在床上躺一星期都甘願。

莎莉邀請我去她家過聖誕節，她住在麻薩諸塞州的伍斯特郡。是不是很窩心？我很願意去。我這輩子除了拉克威羅農場以外，從沒踏進過私人住宅，山普夫婦都是成年人，年紀太大不算數。麥克布萊家有一屋子小孩（總之有兩、三個），有媽媽、爸爸、奶奶和一隻安哥拉貓。多麼完整的家庭！收拾行李出去度假，比留在學校有趣得多。我一想到就很興奮。

第七節課，我得去排練了。我在感恩節戲劇裡軋了一角，演塔裡的王子，穿天鵝絨束腰短上衣，戴黃色假鬈髮。是不是很有意思？

——J. A. 敬上

星期六

您想知道我長什麼樣子？這裡有一張李奧諾拉幫我們三個拍的照片。

皮膚比較白、笑呵呵的那個是莎莉；個子比較高、鼻孔朝天的那個是茱麗亞。個子嬌小、頭髮拂在臉上那個是茱蒂。她本人漂亮多了，那天太陽很刺眼。

十二月三十一日　「石門」，麻薩諸塞州伍斯特郡

親愛的長腿叔叔：

原本想早點寫信謝謝您的聖誕節支票，可是在麥克布萊家的生活讓人抽不開身，我幾乎找不出連續兩分鐘空閒可以坐在書桌前。

我買了一件新的晚禮服，我不需要，只是很想要。今年我的聖誕禮物是大叔送的，我的家人只傳達他們的愛。

我在莎莉家度過最愉快的假期。她家是一棟跟街道有段距離、有白色飾邊的舊式紅磚大房子，正是孤兒院時代的我經常用好奇眼光觀看的那種。當時總是想像著裡面究竟會是什麼模樣，做夢也沒想到這輩子有機會親眼見到。可是我住進來了！這裡的一切都極為舒適、悠閒，很有家的感覺。我喜歡從這個房間走到另一個房間，盡情欣賞裡面的擺設。

這是最適合孩子成長的屋子。有陰暗角落可以玩捉迷藏；有開放式壁爐可以

做爆米花；雨天還有個閣樓可以任你嬉鬧；滑順的樓梯扶手末端沒有突出物；有間寬敞明亮的大廚房，外加一個和藹可親、個性開朗的胖廚子。廚子已經在這個家工作十三年，總會記得留點麵團給孩子們烤麵包。光看到這間屋子，你就想重新變成小孩。

還有屋子裡的人們！我完全想像不到他們竟然這麼好。莎莉有爸爸媽媽和奶奶，還有個滿頭鬈髮、可愛破表的三歲小妹妹，一個半大不小、老是忘了擦腳的弟弟，還有個名叫吉米、高大帥氣的哥哥，他在普林斯頓大學念三年級。

用餐的時光最是開心，所有人同時說著、笑著、相互打趣，而且餐前不必禱告。不必為你吃進嘴裡的每一口食物感謝任何人，真是讓我如釋重負。（這話確實有褻瀆之嫌，可是，如果您跟我一樣經常被迫謝恩，您也會的。）

我們做了好多事，真不知該從哪裡說起。麥克布萊先生經營一家工廠，聖誕夜他為員工的孩子們裝飾了一棵聖誕樹，就在布置了常春藤與冬青的狹長包裝室裡。吉米扮成聖誕老公公，我和莎莉幫他分送禮物。

哇，大叔，那種感覺可真古怪！我覺得自己像約翰格利爾孤兒院的董事一樣慈悲。我親了一個黏糊糊的可愛小男孩，不過我應該沒有拍任何孩子的頭！

聖誕節過後兩天，他們在家裡辦了一場舞會，是為**我**辦的。那是我第一次參加真正的舞會。大學舞會不算，因為全場都是女孩子。我有一套全新的白色晚禮服（您的聖誕禮物，謝啦！），搭配白色長手套和白色緞面便鞋。我這完美、極致、純然的快樂裡唯一的缺點就是，李蓓特太太沒能目睹我跟吉米帶頭跳方塊舞。求求您，下回您到約翰格利爾的時候告訴她。

——茱蒂·艾伯特 敬上

附言：大叔，萬一我終究沒能變成偉大作家，而只是一個普通女孩，您會不會很不高興？

✉

星期六，六點三十分

親愛的大叔：

今天我們走路進城的時候，天哪！竟然下起滂沱大雨。多麼希望冬天有冬天的樣子，下雪不下雨。

茱麗亞那討人喜歡的叔叔下午又來了，帶來一盒五磅重的巧克力。看吧，跟茱麗亞同寢室還是有好處的。

他好像覺得我們吱吱喳喳的幼稚言語很有意思，刻意改搭下一班車，留下來跟我們在書房喝下午茶。我們費了好大功夫才得到學校許可。接待爸爸或爺爺已經夠不容易了，叔叔更是難如登天。至於兄弟或堂表兄弟，幾乎是不可能的事。茱麗亞得向公證人發誓這人真的是她叔叔，同時呈上郡辦公室開立的證明。（我很懂法律吧？）即使如此，我不免懷疑，如果院長有機會看見杰維叔叔是多麼年輕英俊，我們的下午茶還能順利進行嗎？

總之，我們一起吃了瑞士乳酪全麥三明治。他幫忙做三明治，一個人吃了四份。我告訴他我去年在拉克威羅農場過暑假，我們開心地聊了很多山普夫婦以及那些馬兒、雞隻和乳牛的趣事。他以前看過的那些馬幾乎都死了，只剩下葛洛弗。他在那裡的時候，葛洛弗還只是一匹小馬，如今牠已經老得只能一瘸一拐在草原上閒逛。

他問我山普夫婦是不是還把甜甜圈放在冷食櫃最底層架上的黃色瓦罐裡，上面蓋個藍色盤子。的確沒錯！他想知道夜間草場那堆石頭底下，是不是還有個土撥鼠洞。確實還有！今年夏天阿瑪賽在那裡抓到一隻又肥又大的灰色土撥鼠，是杰維少爺小時候抓到的那隻的第二十五世孫。

我當面喊他「杰維少爺」，他好像沒有生氣。茱麗亞說她從沒見過他這麼平易近人，他通常很難親近。其實是茱麗亞自己欠缺技巧。我發現跟男人相處很需要技巧，如果順著他們的毛摸，他們就會開心地嗚嗚叫。反之，他們會吐口水。（這麼形容有欠文雅，但我只是打個比方。）

我們目前在讀俄國女畫家瑪麗．巴希克塞夫的日記。很棒吧？您聽聽這段：

「昨晚一陣失望猛然襲來。我低聲嗚咽無法言語，憤而起身，將用餐室時鐘扔進大海。」

我幾乎希望自己沒有天分，天分這種東西想必很折磨人，對家裡的擺飾也太有破壞性。

老天！雨還是很大。今晚我們恐怕得游泳去禮拜堂了。

——茱蒂 敬上

一月二十日

親愛的長腿叔叔：

您家有沒有可愛的小女嬰被人從搖籃偷抱走？

也許那就是我！如果我們是小說裡的人物，結局就可能會是這樣，對吧？不知道自己是誰，這種感覺實在很奇妙，既刺激又浪漫，因為有太多可能性。也許我不是美國人，很多人都不是。也許我有純正的古羅馬人血統；或者我父母是維京人；或者我是俄國流亡罪人的孩子，應該關在西伯利亞監牢裡；又或者我是吉普賽人，這點我覺得大有可能，因為我有個愛流浪的靈魂，雖然我還不太有機會開發它。

您知不知道我人生路上那個可恥污點，也就是我在孤兒院偷吃餅乾被處罰、之後逃跑的事？這件事登錄在我的資料裡，任由董事們翻閱。可是大叔，您想想，你叫一個九歲的飢餓小女孩進冷食廚房擦洗刀具，然後轉頭走開，留下她和近在咫尺的餅乾罐獨處。然後你又突然闖進來，想當然耳會發現她嘴邊沾了餅乾屑。接著，當你猛扯她手臂、打她耳光，在布丁上桌的時候命令她離開，還告訴其他小孩那是因為她是小偷，你難道猜不到她會逃跑？

我只跑了四英里，就被他們抓到帶回去。接下來那七天裡，其他孩子下課時，我就像隻淘氣的小狗被綁在後院一根柱子上。

哦，天哪！禮拜鈴響了，禮拜結束後我還得去開個委員會。很抱歉，原本想寫封特別有趣的信的。

——再見，親愛的長腿叔叔，

祝您平安！

茱蒂

附言：

有一件事我十分確定：我不是中國人。

二月四日

親愛的長腿叔叔：

莎莉的哥哥寄給我一面普林斯頓旗幟，跟我們的房間一樣長。我很感激他能記得我，可是我真的不知道該拿這東西怎麼辦。莎莉和茱麗亞不肯讓我掛起來。今年我們的寢室以紅色調為主，您可以想像如果加入了黑色和橘色，會變成什麼德性。可是那真是一塊質地特別好、又厚又暖的毛氈布，我很不願意浪費它。如果拿來做浴袍，會不會很不恰當？我的浴袍一洗就縮水。

最近我完全忘了向您報告學習進度。雖然您從我的信中很難看得出來，但我把所有的時間都用來讀書做功課。同時修習五門學科，經常讓人如墮五里霧中。

化學教授說：「真正的學者，會不辭勞苦探究細節。」

歷史教授說：「千萬小心，別只注重細節。保持一定的距離，你才擁有全面性的視野。」

清晨六點
普
林
斯
頓
早起的鳥兒
先用浴缸

您不難想見我們得要多麼精準地調整風帆，才能平安航行在化學和歷史之間。我比較喜歡歷史的策略。如果我說威廉一世一四九二年入侵英格蘭，又說哥倫布在一一〇〇年或一〇六六年或不管哪一年發現美洲大陸，由於這些都只是教授忽略的細節[19]，所以我背誦歷史課本的時候，就會特別有安全感、特別輕鬆。化學課就沒有這個好處。

第六節鈴聲響，我得去實驗室查看一下酸、鹽巴、強鹼之類的瑣事。我的化學課圍裙前襟被鹽酸燒出一個餐盤大小的洞，如果理論可行，我應該能用強效氨水中和那個洞，您說對吧？

下星期考試，誰怕誰啊？

——茱蒂　敬上

三月五日

親愛的長腿叔叔：

三月強風陣陣吹襲，滿天的沉重烏雲行色匆匆，松樹林的烏鴉嘎嘎吵得震天價響。那是一種令人沉醉、振奮的**召喚**聲。讓人很想闔上書本，奔上山頂跟風賽跑。

上星期六我們玩了一場獵狐遊戲，足跡橫越五英里的泥濘鄉間。遊戲裡的狐狸（由三個女孩和一大堆五彩碎紙組成）比二十七名獵人提早半小時出發。我是二十七名獵人中的一員，其中八個在路邊陣亡，最後剩十九個。碎紙領著我們翻

19 這兩個歷史事件的年份恰恰相反，威廉一世於一〇六六年開始統治英格蘭，而哥倫布抵達美洲大陸的時間為一四九二年。

越山丘、穿過玉米田、進入一片沼澤。我們得輕盈地從一塊高丘跳到另一塊高丘，當然，半數的人腳踝陷進泥濘裡。我們老是找不到狐狸蹤跡，所以在沼澤區耗掉二十五分鐘。接著，狐蹤穿行小樹林攀上丘陵，竟然爬進一棟穀倉的窗子！穀倉的門都上了鎖，窗戶很高，也不大。這未免太不公平，您說是不是？

不過我們沒有爬窗，直接繞過了穀倉。狐蹤現形，沿著低矮的工具棚屋頂爬上圍籬頂端。狐狸以為這招可以矇得過我們，沒想到我們技高一籌。狐狸又越過長達兩英里、波浪起伏的草地。幾乎無法追蹤，因為碎紙的間隔越拉越大。遊戲規則是每隔六英尺就得撒碎紙，但我沒見過離那麼遠的六英尺。終於，經過兩小時的持續小跑，我們追蹤狐狸小姐來到水晶泉的廚房。水晶泉是一家農場，學生們會搭雪橇或乾草馬車去那裡吃雞肉與鬆餅。我們看見那三隻狐狸氣定神閒地享用牛奶、蜂蜜和脆餅。她們以為我們還卡在穀倉，沒料到我們能追這麼遠。

雙方各執一詞，都覺得自己那邊勝出。我認為我們贏了，您覺得呢？畢竟我們在她們回到學校以前逮到她們。總之，十九名獵人像蝗蟲似地圍坐桌邊，大呼小叫吵著要蜂蜜吃。蜂蜜所剩不多，水晶泉太太（那是我們給她的綽號，她其實姓詹森）於是拿出草莓果醬、上星期才做的楓糖漿和三條全麥吐司。

我們六點半回到學校，晚餐已經開始半小時。我們沒有換衣服直接進餐廳，依然胃口大開！我們也沒去晚禱，腳上的骯髒靴子就是充分理由。

我還沒向您報告考試結果。我不費吹灰之力通過所有科目，我抓到訣竅了，以後再也不會不及格。只不過，由於大一慘不忍睹的拉丁作文和幾何學拖累，我可能沒辦法以優異成績畢業。但我不在乎。只要樂開懷，天塌下來又何妨？[20]（這是名言佳句，我最近在讀英文經典小說。）

說到經典，您讀過《哈姆雷特》嗎？如果沒有，馬上找一本來讀，這本書**棒極了**。莎士比亞這個名字我已經耳熟能詳，沒想到他寫得這麼好，以前我總以為他只是徒有虛名。

20 此句出自英國作家喬治・穆里耶（George Du Maurier）一八九四年發表的小說《翠兒比》。

我有個哄自己入睡的夢幻遊戲，是很久以前剛開始讀書的時候想出來的。每天晚上睡覺前，我都想像自己是當時正在讀的那本書裡最重要的人物。

目前我是歐菲莉亞，而且是睿智的歐菲莉亞！我把哈姆雷特哄得很開心，寵愛他、糾正他，他感冒的時候提醒他圍圍巾。我讓他徹底走出憂鬱。國王和皇后都死了——發生船難，連葬禮都免了，所以我和哈姆雷特順理成章地統治丹麥。我們把國家治理得有條不紊：他負責處理國事，我全心投入慈善工作。我剛設立了幾家一流孤兒院。如果您或其他董事想參訪這些孤兒院，我很樂意帶你們參觀。你們應該會獲益匪淺。

——先生，我仍然是您最殷勤的

丹麥皇后歐菲莉亞

三月二十四日，也許是二十五日

親愛的長腿叔叔：

我死後恐怕沒辦法上天堂，這裡有太多好事降臨在我身上，再上天堂就不公平了。您聽聽發生了什麼事。

耶露莎．艾伯特在《月刊》每年舉辦的短篇小說比賽（獎金二十五元）中奪冠，而她才二年級，參賽者多半都是四年級。比賽結果公布時，我簡直不敢相信那是真的。看來我終究會變成作家。真希望當年李蓓特太太沒有給我取這麼可笑的名字，聽起來像個女作家，您說是吧？

另外，我得到春季戶外劇場演出機會，戲碼是莎翁的《皆大歡喜》，我演羅瑟琳的堂妹西麗亞。

最後，下星期五我、茱麗亞和莎莉要去紐約春季採購，會在那裡過一夜，隔天跟「杰維少爺」到劇院看戲。他邀請我們去的。茱麗亞會回家過夜，我和莎莉則是投宿瑪莎華盛頓旅館。您聽過這麼叫人期待的事嗎？我這輩子從沒住過旅館，更沒進過劇院，除了有一回天主教教會慶典，請孤兒看戲。不過那不是真正的戲劇表演，所以不算數。

您猜我們要看哪一齣戲？是《哈姆雷特》。想不到吧！這個劇本我們在莎士比亞課讀了整整四星期，我全都背下來了。

想到這些開心事，我就興奮得睡不著覺。

再見，大叔。

這真是個樂趣無窮的世界。

——茱蒂　敬上

附言：

我剛剛查了日曆，今天是二十八日。

另一則附言：

今天我看到一個市內電車駕駛的眼珠子一棕一藍，是不是很適合扮演偵探小說裡的惡棍角色？

四月七日

親愛的長腿叔叔：

我的天！紐約可真大！相較之下伍斯特根本小巫見大巫。您當真住在那麼混亂嘈雜的地方？我在那裡待個兩天就昏頭昏腦，恐怕要好幾個月才能恢復正常。那裡有太多新奇事物，不知該從哪裡跟您說起。不過，我猜您早知道了，因為您就住那裡。

那些街道很壯觀吧？還有那裡的人們，那些店鋪。我從來沒看過像櫥窗裡那些商品那麼漂亮的東西，讓人很想把一輩子時間奉獻在穿衣服這件事上頭。

星期六早上我、莎莉和茱麗亞一起去逛街。茱麗亞走進一個我所見過最金碧輝煌的地方，白色與金色互搭的牆壁、藍色地毯、藍色絲質窗簾和鍍金椅子。一位非常美麗的黃髮女士穿著一襲黑色絲綢曳地長禮服，笑容可掬地迎上前來。我以為我們來拜訪什麼人，正準備跟對方握手，這才發現原來我們只是來買帽子，應該說是茱麗亞來買帽子。她坐在鏡子前試了十幾頂，一頂比一頂漂亮，最後買下最漂亮那兩頂。

能夠坐在鏡子前試戴，隨心所欲地買下你喜歡的帽子，不必考慮價錢，那真是世界上最快樂的事了！大叔，毫無疑問，紐約會以最快的速度，侵蝕約翰格利爾孤兒院以無比耐心培養出來的刻苦精神。

逛完街以後，我們在雪莉餐廳跟杰維叔叔會合。您去過雪莉餐廳吧？想想那裡的環境，再想想約翰格利爾孤兒院的餐廳，那裡的油布桌巾、**打不破**的白色碗盤和木柄刀叉，再揣摩一下我的心情！

我吃魚的時候拿錯叉子，侍者好心地給我送來另一把，沒被其他人發現。

用過午餐之後，我們就到劇院去。那裡真是燦爛眩目，令人驚嘆、難以置信。我每晚都夢見它。

莎士比亞無與倫比吧？

在舞台上搬演的《哈姆雷特》，比在課堂上分析的精采得多。以前我很欣賞它，可是現在，哇！

如果您不介意，我寧可當女演員，不當作家。您要不要我退學去讀戲劇學校？那麼以後只要我登台表演，就會送您一個包廂，還會隔著腳燈對您微笑。不過，請您在鈕眼別上一朵紅玫瑰，這樣我才知道該對誰微笑。萬一弄錯對象，那就太糗了。

我們星期六晚上回來，在火車上吃晚餐，有小巧的餐桌、粉紅色燈光和黑人侍者。我從來不知道火車上也供應餐點，而且口無遮攔地說出來。

「妳到底是哪裡來的？」茱麗亞問我。

「小村莊來的。」我唯唯諾諾地回答。

「妳沒出過遠門嗎？」她又問。

「上大學以前沒有。可是我家到學校車程只有一百六十英里，沒在車上吃東西。」我這樣答道。

她對我越來越好奇，因為我老說些怪裡怪氣的話。我也想努力克制，可是我大驚小怪的時候，話就會脫口而出，而我成天大驚小怪。大叔，在約翰格利爾孤兒院度過十八年歲月，而後突然被扔進**花花世界**，真的讓人頭暈目眩啊！

不過我慢慢在適應，現在已經不像以前那麼常出紕漏，跟其他女同學相處也不再覺得彆扭。以前只要別人盯著我瞧，我就會忸怩不安，總覺得他們看得見我虛假新衣底下的格紋棉布衫。可是格紋棉布衫再也困擾不了我了。昨日之事昨日煩憂。[21]

忘了告訴您鮮花的事。杰維少爺送我們三人各一大把的紫羅蘭和鈴蘭，他是不是很貼心？我以前不太喜歡男人——基於董事們給我的印象，現在我慢慢改觀了。

十一頁了，超誇張的一封信！別嚇著了。我停筆了。

——茱蒂 敬上

21 原文出自聖經馬太福音第六章第三十四節，意思是當天的難處已經夠當天擔當了，不需要為明日發愁。此處作者將「當天」改為「昨天」。

四月十日

親愛的有錢人先生：

函附您的五十元支票。您的好意我心領了，可惜我不能收。我的零用錢已經夠買所有我需要的帽子。很抱歉我寫了女帽店那些蠢東西，我只是覺得很新鮮有趣。

然而，我不是乞丐！我不希望接受非必要的善行。

——耶露莎·艾伯特　敬上

四月十一日

最親愛的大叔：

您能原諒我昨天寫的那封信嗎？我寄出去之後就後悔了，本想拿回來，可是郵局那個可惡的職員不肯退還給我。

現在已經深夜，過去幾小時我一直醒著，滿腦子在想自己真是一條蟲——一條結結實實的千足蟲，我想不到什麼更糟的形容詞！

剛才我輕輕關上書房門，免得吵醒茱麗亞和莎莉。現在我坐在床上，用從歷史筆記本撕下來的紙給您寫信。

我只是想向您致歉，關於支票的事，我太沒禮貌了。我知道您是一番好意。另外，您真是個老好人，竟然為了帽子這種小事費心。我退還支票的時候應該更恭敬一百倍。

不過，無論如何我都得退還它。我跟其他女孩子不一樣。其他女孩可以大方自然地接受別人給的東西。她們有爸爸哥哥叔叔阿姨，我卻沒辦法擁有這些親人。我很想假裝您屬於我，只是在腦子裡做做白日夢，我當然知道您不是我的親人。我孑然一身，真的，我背抵著牆對抗整個世界。只要想到這個，我就會倒抽一口氣，只好把那個念頭逐出腦海，繼續假裝。

可是大叔，您難道不明白，我不能接受超過我需求的金錢，因為日後我會想歸還這筆錢，就算是那種我想變成的偉大作家，也沒有能力面對**築得比天還高**的債台。

我是喜歡漂亮的帽子和物品，但我不能為了買漂亮東西拿未來去抵押。

您會原諒我的無禮吧？我有個很差勁的習慣，總是衝動地寫下一時的想法，等信寄出去之後才來後悔。不過，雖然我偶爾會顯得思慮欠周或不識好歹，那都不是我的真心，在我內心永遠感謝您賜給我的嶄新人生與自由獨立。我的童年是一段漫長而慍怒的叛逆，如今我無時無刻不處在幸福快樂中，我幾乎不敢相信這是真的。我覺得自己很像故事書裡的虛構女主角。

已經兩點十五分了，我要躡手躡腳出去寄信。它會緊跟著前一封送到您手中，您就不會討厭我太久。

晚安，大叔。

——永遠愛您的茱蒂　敬上

五月四日

親愛的長腿叔叔：

上星期六學校運動會，場面特別盛大。一開始是各班繞場，所有人都穿著白色亞麻上衣。四年級手拿藍金相間的日本傘，三年級舉著黃白互搭的旗幟。我們班是深紅色氣球，非常引人注目，尤其繩子老是鬆脫，氣球不停地飛走；一年級頭戴綠色餐巾紙做的帽子，拖著長長的飾帶。現場還有一支從鎮上聘來的樂隊，他們穿藍色制服。另有十幾個滑稽人物，就像馬戲團裡的小丑，負責在各項比賽之間串場娛樂觀眾。

茱麗亞打扮成胖嘟嘟的鄉下人，穿著亞麻風衣，黏上假鬍子，手拿大雨傘。又瘦又高的佩琪·莫里亞蒂（其實是佩翠西，您聽過這樣的名字嗎？連李蓓特太太也要自嘆不如。）扮茱麗亞的老婆，頭上的誇張綠色女帽斜遮一隻耳朵。她們繞場的全程中，觀眾笑聲不斷。茱麗亞把她的角色演得活靈活現，我做夢也沒想到彭鐸頓家族的人也這麼能耍寶。希望杰維少爺別見怪，我沒把他當彭鐸頓家族的人，正如我沒把您當成真正的董事。

我跟莎莉沒有去繞場，因為我們要參加比賽。您猜怎麼著？我們倆都贏了！至少都有好成績。我們在跳遠比賽失利，不過莎莉撐竿跳得第一（七呎三吋），我贏了五十碼短跑（八秒）。

跑到終點的時候我喘得厲害，可是太好玩了，因為全班同學都揮著氣球喝采，大聲叫嚷著：

茱蒂・艾伯特怎麼啦？

她沒事。

誰沒事？

茱蒂・艾伯特！

大叔，那才叫出鋒頭。走回換裝帳篷之後，就有人拿酒精幫我擦拭，也有人給我一片萊姆吸食。我們夠專業吧。為班上爭取榮譽是很不錯的事，因為贏得最

茱蒂五十碼短跑第一名

多比賽的班級可以得到當年的獎盃。今年得主是四年級，她們囊括了七項冠軍。體育協會在體育館宴請所有得勝選手，我們吃了炸軟殼蟹和籃球造型的巧克力冰淇淋。

昨晚我熬夜讀《簡愛》。大叔，您年紀夠不夠老，能不能記得六十年前的事？如果您記得，那麼當時的人真是那麼說話的嗎？

高傲的白蘭琪對男僕說：「蠢蛋，停止你的廢話！照我吩咐行事！」羅徹斯特先生把天空說成是金屬蒼穹。還有那個瘋女人，她笑聲像土狼，會放火燒床單，撕掉新娘面紗，甚至**咬人**，根本就是灑狗血的最高境界。然而，你還是讀得如痴如狂、欲罷不能。我想不通怎麼會有女孩子寫得出這樣的書，特別是在牧師家庭長大的女孩。我很為勃朗特姐妹著迷，看看她們寫的書、她們的人生和她們的心靈。那些才華究竟哪兒來的？我讀到小簡愛在慈善學校吃的苦，心裡忿忿不平，不得不出門去散步。我完全能理解她的心情。我見識過李蓓特太太，所以不難想像布洛克赫斯特先生的嘴臉。

大叔，請別生氣，我並不是說約翰格利爾孤兒院跟羅伍德學校一樣。我們吃得飽也穿得暖，有足夠的熱水可以洗澡，地下室也有個鍋爐。可是這兩個機構也有個致命的共通點：我們的生活單調到了極點，像一灘死水。除了星期天有冰淇淋吃，再也沒有任何好事發生。就連冰淇淋都變成例行公事。我在那裡的十八年裡，只碰過一次刺激經歷，就是木棚著火那次。我們半夜起床著衣，萬一火勢連燒到院本部，就要趕緊撤離。結果火沒燒過來，我們又上床睡覺。

人人都喜歡來點驚喜，那是人類最自然的渴望。我的第一次驚喜就是李蓓特太太叫我到辦公室，告訴我約翰．史密斯先生要供我上大學。可惜她說得慢條斯理，我幾乎沒有一點驚訝。

大叔，我覺得想像力是每個人都需要的基本特質。它讓人可以設身處地站在別人的立場思考，讓人變得仁慈、有同理心又寬容。我們應該開發每個孩子的想像力。然而，孩子們只要迸出一絲絲想像力火花，約翰格利爾就會立刻一腳踩熄。他們熱中培養的是責任感。我覺得小孩子根本不需要認識「責任感」這個詞，因為它可憎又令人作嘔。孩子們做任何事都應該出於愛。

您等著看我要成立的孤兒院吧！那是我每晚入睡前最愛玩的遊戲。我連最小的細節都沒有遺漏，包括餐點、衣服、學習、娛樂，但也要有罰則，因為即使是我院裡的優秀孤兒，偶爾也會調皮。

總之，他們會過得很快樂。不論成長過程中會遭遇多少難關，我認為每個人都應該有個快樂童年可供回味。如果將來我有自己的孩子，無論我過得多麼不開心，也要讓他們在成年以前無憂無慮。

（禮拜鐘聲響了，我會再找時間寫完這封信。）

星期四

今天下午我從實驗室回到宿舍的時候，發現有隻松鼠坐在茶几上，大剌剌地吃著杏仁。自從天氣變暖後，窗子時常開著，我們就經常接待這類訪客。

「親愛的蜈蚣太太，
妳要一顆還是兩顆糖？」

星期六早晨

今天沒課，您想必以為我昨天晚上度過一個寧靜安詳的讀書夜，與我用獎金買來的史蒂文森全集相伴吧？如果是，那麼大叔，您顯然沒讀過女子學院。我們寢室突然來了六個朋友，大家一起做牛奶糖，其中一個還把軟趴趴的糖糊掉在我們最好的地毯正中央，那塊地毯恐怕很難恢復原貌了。

最近我沒有提到功課，其實課程每天照常進行。能夠暫時忘掉它們，聊聊生活大小事，也是一種放鬆。當然，我們之間的聊天總是我說您聽，但那得怪您自己。只要您願意，隨時歡迎回應。

這封信斷斷續續寫了三天，您可能讀得煩了吧！

再見，善良的男人先生。

——茱蒂

長腿叔叔史密斯先生：

先生，修過辯論課、學會條列式論文寫作之後，我決定採用以下方式寫信。裡面包含了所有必要事實，沒有不必要的贅詞。

一、本週我們考了以下筆試：

1　化學。

2　歷史。

二、學校在蓋新宿舍。

1　建材有：

(1)　紅磚。

(2)　灰色岩石。

2　它將能容納：

(1)　一名院長、五名教師。

(2)　兩百名女學生。

(3)　一名管家、三名廚子、二十名女侍、二十名清潔女僕。

三、今天晚餐的甜點是奶凍。
四、我在寫一篇有關莎翁戲劇來源的專題。
五、今天下午籃球比賽時，露．麥克瑪宏滑倒摔跤，她：
　1 肩膀脫臼。
　2 膝蓋瘀青。
六、我買了一頂新帽子，綴飾有：
　1 藍色天鵝絨緞帶。
　2 兩根藍色羽毛。
　3 三顆紅色絨球。
七、已經九點半了。
八、晚安。

——茱蒂

六月二日

親愛的長腿叔叔：

您絕對猜不到發生了什麼好事。

麥克布萊家在紐約北部的阿第倫達克山有個營地，他們邀請我一起去那裡度暑假！

那裡的森林區有個美麗小湖泊，湖上有家俱樂部或什麼的，他們是會員。會員所屬的小木屋散落在樹林間，他們會到湖上划獨木舟，也可以沿著林間步道走到其他營區，俱樂部的會所每星期舉辦一次舞會。莎莉的哥哥有個大學同學也會在那裡停留一段時間，所以我們跳舞時不會缺男伴。

麥克布萊太太能想到我，是不是人很好？看來去年聖誕節我在那裡給她留了好印象。

這封信這麼短還請見諒。但這其實不是正式信件，只是讓您知道暑假我有去處了。

——**非常**知足的茱蒂　敬上

六月五日

親愛的長腿叔叔：

您的祕書剛寄來一封信通知我，史密斯先生希望我拒絕麥克布萊家的邀約，跟去年一樣前往拉克威羅農場度暑假。

大叔，為什麼、為什麼、**為什麼**？

您不明白。麥克布萊太太真的希望我去，千真萬確，絕無虛言。我不會為他們帶來任何困擾，還是個好幫手。他們家傭人不多，我跟莎莉可以做很多事。這是我學習持家的好機會。每個女人都該學會持家，而我只會「持孤兒院」。

營區沒有其他跟我們同年齡的女孩，所以麥克布萊太太希望我去跟莎莉作伴。我跟莎莉打算一起讀很多書，我們要把明年英文課和社會學課的書全都讀完。教授說如果我們能利用暑假把書本先讀完，以後上起課來會事半功倍。再者，我們倆一起讀、一起討論，會更容易記住課本內容。

光是跟莎莉的媽媽住在一個屋簷下就是很好的學習。她是世界上最有趣、最好玩、最好相處、最有魅力的女人，她無所不知。請想想我這輩子跟李蓓特太太共度多少暑假，好不容易能有個截然不同的經驗，我有多麼開心。您不必擔心我會害他們房子不夠住，因為他們的房子是橡膠材質。如果訪客很多，只要在樹林裡多搭幾頂帳篷，把男孩子趕出去就好。每一分鐘都在戶外度過，肯定會是既美好又健康的活動。莎莉的哥哥要教我騎馬、划獨木舟、射擊，以及很多我應該會的事。我從來沒有享受過這種歡天喜地、自由自在的時光，我認為每個女孩一生中都該享有一次這樣的機會。大叔，我當然會聽從您的安排，可是拜託、**拜託**讓我去。這是我這輩子最想要的東西。

寫這封信給您的不是未來作家耶露莎・艾伯特，而是小女孩茱蒂。

六月九日

約翰·史密斯先生：

先生，您本月七日來信收到。謹遵您透過祕書傳達的指示，我於本週五出發前往拉克威羅農場度暑假。

——今後將一直是　耶露莎·艾伯特（小姐）

八月三日

拉克威羅農場

親愛的長腿叔叔：

我已經將近兩個月沒寫信給您，我知道自己這樣很不可愛，可是今年夏天我不像以前那麼愛您。看吧，我有話直說！

我不得不放棄麥克布萊家營地，您無法想像我有多麼失望。我知道您是我的監護人，我無論如何都得順從您的意思，但我就是不明白**為什麼**。那肯定是我這輩子最美好的際遇。如果我是大叔，而您是茱蒂，我一定會說：「孩子，祝福妳。去吧，好好地玩，去認識新朋友，學習新事物；去體驗戶外生活，好好休息，讓自己身強體壯，好應付未來一年的功課。」

事實不然！您只透過您的祕書一聲令下，要我來拉克威羅農場。

是您那道沒有人情味的命令傷了我的心。如果您對我的感情有我對您的千萬分之一，您就會偶爾寄來一封親筆短箋，而不是那些由祕書打字的討厭便條。如果我能從您那裡感受到一絲一毫關懷，我就願意上刀山下油鍋來討您歡心。

我知道我必須寫些謙遜有禮、內容豐富、鉅細靡遺的信，還不能期待回信。您履行了您的承諾——供我上大學，我猜您一定認為我沒有遵守協議內容！

可是大叔，這個協議太難遵守，真的。我非常孤單。我能愛的只有您一個人，而您卻是那麼虛無縹緲。您只是我捏造出來的假想人物，甚至，真正的**您**跟我想像中的**您**也許相去十萬八千里。話說回來，您確實寫過卡片給我，那是在我生病住院的時候。如今，只要我覺得被人遺忘，就會拿出您的卡片讀一讀。

這封信好像沒有表達出我原本想說的話，那就是：

儘管我還是很受傷，因為被一個反覆無常、專制武斷、蠻不講理、全知全能的無形上帝拎著東挪西移，實在是特別傷自尊的事。然而，畢竟到目前為止您一直對我仁慈、慷慨又體貼，因此，您有權利扮演反覆無常、專制武斷、蠻不講理、全知全能的無形上帝。所以我要原諒您，也要重拾歡笑。只是，收到莎莉來信描述他們在露營區玩得多麼開心的時候，我心情還是有點鬱悶。

不管怎樣，我們還是忘懷那段不愉快，重新開始吧。

今年夏天我發憤圖強振筆疾書，完成了四篇短篇小說，分別寄給四家雜誌社。所以您看到了，我很努力往作家之路邁進。我在以前杰維少爺下雨天玩耍的閣樓一角設置了工作室。那是個清風徐徐的涼爽角落，有兩扇老虎窗，窗外有一棵遮蔭的楓樹，紅松鼠一家子住在樹洞裡。

過幾天我會寫封文情並茂的信，告訴您農場上的大小事。

我們需要一場雨。

——依舊不變的茱蒂　敬上

八月十日

長腿叔叔先生：

先生，此刻我在草場池塘邊那棵柳樹的第二根主枝給您寫信。青蛙在底下嘓嘓叫，蝗蟲在頭頂上鳴唱，還有兩隻「下衝魔鬼[22]」沿著樹幹竄上飛下。我已經上來一小時了，這根樹枝格外舒適，特別是鋪了兩塊沙發椅墊之後。我帶著筆和寫字板上來，希望能寫出不朽的短篇小說，但我一直搞不定我的女主角，我**沒辦法**讓她對我言聽計從，所以我暫時拋棄她，給您寫信。（然而，給您寫信並沒有比較舒心，因為我也沒辦法讓您對我言聽計從。）

如果您此刻人在那恐怖的紐約市，我真希望可以把這裡的美景、微風和燦爛陽光寄些給您。下了整整一星期的雨之後，這裡的鄉間變成了天堂。

說到天堂，您還記得去年夏天我跟您提到的凱勒格先生嗎？就是康諾斯鎮那座白色小教堂的牧師。那位可憐的老先生去年冬天肺炎病逝。我去聽過他講道六次，對他的神學理論相當熟悉。他自始至終都抱持相同信念。我個人覺得，一個人在信仰上能夠整整四十七年始終如一，沒有絲毫改變，那麼他很應該被保存在櫃子裡，當成古今奇觀供人瞻仰。但願他喜歡他的豎琴和金色王冠，他生前非常確定自己一定能得到它們！自然而然地，有個年輕男人接替他的位置。會眾對新牧師半信半疑，特別是以康明斯副主祭為首的那群人。看來教會信眾即將嚴重分裂，這地方的人不太欣賞宗教上的革新。

下雨的那幾天裡，我坐在閣樓裡痛快地大讀特讀一番，主要是讀史蒂文森。他本人要比他筆下的人物有趣多了，我敢說他刻意把自己活成書本裡那種受人景仰的英雄角色。他把父親留給他的一萬美金拿來包下一艘遊艇，然後啟航前往南海。您不覺得他做得太對了嗎？完全沒有辜負他的冒險信條。如果我爸爸留一

22 指白胸鳾，一種小型鳴禽，主要見於北美洲。

萬美金給我，我也會那麼做。一想到維利馬[23]，我就血脈賁張。我想去看看熱帶地區，我想看看全世界。我要當個偉大作家，或畫家，或演員，或劇作家，或任何我變成的偉大人物。我有個流浪魂，只要看見地圖，就想戴上帽子拿起雨傘動身。「離開人世之前，我要看看南方的棕櫚樹和廟宇。[24]」

✉

星期四傍晚薄暮時分，坐在門階上

要把地方事寫進這封信實在太難！茱蒂近來充滿哲思，她想談論的主要是大千世界的普遍現象，不想屈就日常生活微不足道的瑣事。但如果您**非得**聽聽地方事，那麼請看：

上星期二，我們的九隻小豬涉水渡過小溪逃跑了，只有八隻回來。我們無意冤枉任何人，可是我們覺得杜德寡婦家多出一隻小豬。

23 Vailima，南太平洋薩摩亞群島的一處村莊，是史蒂文森最後住處所在。

24 摘自丁尼生的詩〈你問我為什麼〉（*You Ask Me, Why*）。

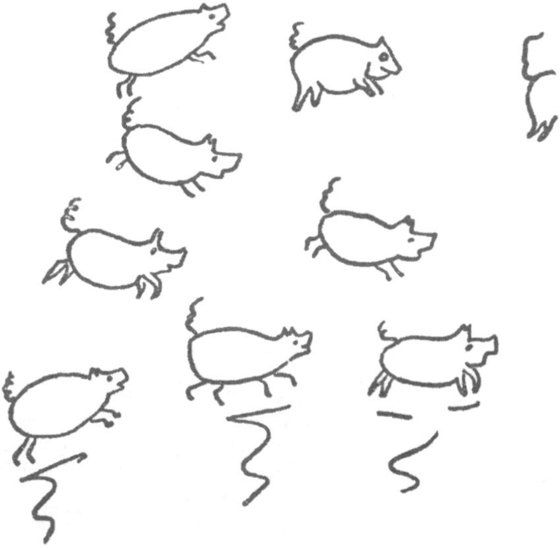

魏佛先生把他的穀倉和兩座筒倉漆成鮮豔的南瓜黃，真難看，可是他說這顏色比較持久。

布魯爾家這星期來了客人，是布魯爾太太的妹妹和兩個外甥女，從俄亥俄州來的。

我們有一隻羅德島紅雞生了十五顆蛋，卻只孵出三隻小雞。我們想不通問題出在哪裡。我個人認為，羅德島紅雞是次等品種，我比較喜歡淡黃奧平頓種。

邦里格鎮郵局那個新職員被人發現，把局裡存放的牙買加薑汁[25]喝得一滴不剩，總共喝掉七塊錢。

老埃拉·海屈得了風濕，沒辦法再工作。他收入好的時候沒有把錢存下來，如今只好

靠鎮上的救濟金度日。

下星期六晚上在小學有一場冰淇淋晚會，帶您的家人一起來吧。

我多了一頂新帽子，是我花兩毛五在郵局買的。這是我的最新畫像，正要去耙乾草。

天色已經暗得幾乎看不見了，反正地方事也聊完了。

晚安。

——茱蒂

25 美國十九世紀末的含酒精藥物，是禁酒令時代人們取得酒精飲品的管道。

星期五

早安！**總算**有個大消息！您絕對、絕對、絕對猜不到誰要來拉克威羅。山普太太收到彭鐸頓先生來信，此刻他正開車穿越伯克夏爾山區，覺得累了，想找個恬靜的農場稍事休息。如果哪天他爬上她家門階，她能不能有現成的房間供他留宿？也許他會住個一星期，或兩星期，或三星期，等他到了，看看這裡的環境夠不夠清幽，再做決定。

我們忙得像無頭蒼蠅！整棟房子來個大掃除，所有窗簾都拆下來清洗。早上我要駕車到康諾斯去買些鋪門口的新油布，再買兩罐大廳和後梯用的棕色地板漆。杜德寡婦明天會過來洗窗子（事態緊急，我們暫且擱下逃家小豬疑案）。您聽我說這些，可能會以為這棟房子不夠乾淨。我向您保證，房子本來就乾淨極了！山普太太雖不盡完美，卻很擅長打理家務。

可是大叔，那是不是十足的男人作風？完全不提他究竟是今天，或兩星期後會出現在門階上。在他抵達之前，我們就得一直屏氣凝神等待。如果他不快點來，我們恐怕又得來一次大掃除。

阿瑪賽套好四輪馬車和葛洛弗在樓下等我。我自己駕車去，不過，如果您見過葛洛弗，就不會擔心我的安危。

謹此獻上惓惓赤誠，別了。

——茱蒂

附言：結語是不是美極了？我從史蒂文森的信札裡學來的。

星期六

再次早安！昨天我沒來得及在郵差來以前把信封緘，所以再多寫一點。郵差每天中午十二點來一趟。偏遠地區的郵遞服務對農夫而言是一大福音！我們的郵差不只送信，他還幫我們到鎮上跑腿，每一件任務收費五分錢。昨天他幫我買了鞋帶、冷霜（我買新帽子以前把鼻子曬得都脫皮了）、藍色溫莎飾結和一罐黑色鞋油，全部只收我一毛錢。因為我的訂單很大一筆，才能享有這難得的優惠。

郵差也會告訴我們天下大事。他送信路線上有幾戶人家訂了報紙，他送信之餘也順道讀一點，再為那些沒有訂報的人轉述新聞內容。所以，假使美國跟日本打起來，或總統被暗殺，或洛克斐勒先生留給約翰格利爾孤兒院一百萬美金，您不需要來信告訴我，我反正都會知道。

杰維少爺還是無影無蹤。您真該看看我們的屋子多麼乾淨，而我們進屋前又是多麼緊張兮兮地揩抹腳底。

真希望他趕快來，我很期待有個談話對象。不瞞您說，山普太太實在無趣極了。她只會喋喋不休說個不停，內容沒有一點營養。這裡的人就是這麼有意思，這座山頭就是他們的世界，沒有一點世界觀，您應該明白我的意思。約翰格利爾的情況也一樣，我們的觀點都侷限在那四面鐵圍籬裡，只是當時我不太在意，因為我年紀還小，而且整天忙得團團轉。等我把所有小床鋪好、把小傢伙們的臉蛋都洗乾淨，去上學，回來再把他們的臉洗乾淨，織他們的襪子，補弗瑞迪的長褲（他沒有一天不弄破長褲），還得趁空做功課，之後差不多就該上床了，一點都不覺得欠缺社交談話。可是，在談風甚盛的大學生活兩年以後，我確實很想念聊天的感覺，如果能來個跟我有共通話題的人，我會很開心。

大叔，這封信我真的寫完了。一時之間還沒想到別的事，下回我會寫封長一點的信。

——茱蒂　敬上

附言：今年萵苣收成很不好，因為初夏時雨水不足。

八月二十五日

大叔，杰維少爺來了。我們玩得特別開心！至少我很開心。我猜他也是，畢竟他已經來十天了，似乎還沒有離開的打算。山普太太對這男人的溺愛簡直令人髮指。如果他小時候她也這麼溺愛他，我很難想像他怎麼能變成這麼溫文儒雅的人。

我跟他在側廊一張小桌用餐，有時移到樹底下，或者，如果下雨或天冷，就在最好的那間客廳。他隨心所欲指定用餐地點，凱莉就捧著桌子跟過去。如果他選的地點太麻煩，或她必須拿著碗盤走很遠的路，她就會在糖罐底下發現一塊錢。

他是那種非常好相處的男人，只不過，初見面的人很難相信這點。他給人的第一印象就是個活脫脫的彭鐸頓，其實完全不是那麼回事。他為人單純善良，不裝腔作勢又善解人意。用這些話來形容男人好像有點怪，但真是這樣。他對這裡的農夫也格外友善，跟他們稱兄道弟，兩三下就拉近彼此距離。農夫們一開始不免犯嘀咕，因為他們不喜歡他的穿著打扮！我倒覺得他的衣服很有看頭。他會穿燈籠褲、褶襉外套、白色法蘭絨上衣和褲管蓬起的騎馬裝。只要他穿著新衣裳下樓，山普太太就會一臉得意，笑嘻嘻地走來走去，從各種不同角度欣賞他，忙不迭地提醒他坐下的時候千萬小心，免得灰塵弄髒他的衣裳。他被她搞得很煩，總是跟她說：

「去去去，莉琪，去忙妳的。妳不能再管我了，我長大了。」

想到那個身材高大的長腿男人（大叔，他的腿幾乎跟您的一樣長）曾經坐在山普太太懷裡，讓她幫他洗臉，就覺得很滑稽。您再看看她的腰，更是滑稽透了！因為她現在有兩圈腰、三層下巴。不過他說她年輕時也曾經纖瘦結實、靈活敏捷，跑得比他快。

我們日子過得多麼新鮮刺激啊！我們一起探索方圓幾英里的地區。我學會用羽毛做的古怪小毛鉤釣魚，也會用來福槍和手槍射擊，也學了騎馬。沒想到老葛洛弗依然精力充沛，我們一連三天餵他吃燕麥，他被一頭小牛犢嚇了一跳，險些馱著馬背上的我逃跑。

✉

星期三

星期一下午我們去爬史蓋山。那是附近的一座山，不是什麼巍峨險峰，山頂沒有積雪。儘管如此，走到山頂也夠你上氣不接下氣的了。底下的山坡被綠樹覆蓋，山頂上卻只有成堆岩石和開闊的濕地。我們在那裡等著看夕陽，生起火堆煮晚餐。杰維少爺負責烹煮，他說這種事他比我行。確實如此，因為他常露營。我們踏著月光下山，走到漆黑的林間步道時，他從口袋裡拿出手電筒照明。太好玩了！他一路說說笑笑，聊很多趣事。我讀過的書他也都讀過，還有更多我沒讀過的。他竟然知道那麼多事，真叫人吃驚。

今天早上我們出去長途健行，半途碰到暴風雨，回到家時全身都濕透了，精神卻特別亢奮。您真該瞧瞧我們在廚房渾身滴著水時，山普太太臉上的表情。

「哦，杰維少爺、茱蒂小姐！你們都濕透了！天哪！天哪！我該怎麼辦？

那麼好的新外套都毀了。」

她真是有趣極了，一副我們還是十歲小孩，而她是心煩意亂的媽媽似的。我一度以為我們喝下午茶時，會被罰不准吃果醬。

星期六

這封信很久以前就開始寫了，卻一直找不到時間完成它。

以下這段史蒂文森的話是不是很精采？

這世界五花八門無奇不有，

我們都該像國王樂而忘憂。[26]

這話不假，這個世界充滿歡笑，人人有獎。只要你願意，隨時都可以把握住來到你身邊的那份。唯一的祕訣就是**隨遇而安**。尤其是在鄉下，有太多好玩的事。我可以走在任何人的土地上，可以欣賞任何人的美景，可以把腳泡進任何人的小溪，盡情享受，彷彿那是我自己的土地，而且不必繳稅！

＊ ＊ ＊ ＊ ＊

現在是星期天晚上十一點左右，我該上床睡美容覺了。可是我晚餐喝了黑咖啡，所以，今晚沒有美容覺！

今天早上山普太太以無比堅決的口氣對彭鐸頓先生說：

「我們十點十五分出發，十一點以前要趕到教堂。」

「很好，莉琪。」杰維少爺說。「馬車已經套好了，萬一到時候我還沒準備好，你們先出發，不必等我。」

「我們會等！」她說。

「隨妳便，」他答。「可別讓馬兒站太久。」

然後，山普太太換裝的時候，他要凱莉幫他準備午餐盒，又叫我換上散步裝。我們從屋後的小路偷偷開溜，釣魚去了。

這件事在家裡引起一陣騷動，因為星期天的拉克威羅下午兩點用午餐，他卻要求延到七點。他想幾點鐘吃就幾點吃，不知情的人還以為這地方是餐廳。這下子凱莉和阿瑪賽沒辦法出去兜風。可是他說這樣反倒好，因為他們倆沒有長輩陪伴，單獨出門不太好。更何況，他要用那些馬兒載我出去兜風。您聽過這麼荒唐的事嗎？

可憐的山普太太深信，星期天釣魚的人將來會墮入熾烈的煉獄！她覺得自己沒有把握機會，在他年紀還小、無力反抗的時候好好教育他，為此深深自責。

---

26 選自史蒂文森一八八五年出版的詩集《孩子的詩苑》（*A Child's Garden of Verses*）。

再者，她想向其他教友炫耀他。

總之，我們順利釣了魚（他釣到四條小魚），生起篝火烤著吃。雖然木棍上的魚肉不停掉進火堆裡，沾了好些灰，我們還是吃完了。我們四點到家，五點出去兜風，七點吃午餐，我十點就被催著回房睡覺，所以在這裡給您寫信。

不過我有點睏了。

晚安。

這張圖，畫的是我釣的那條「魚」。

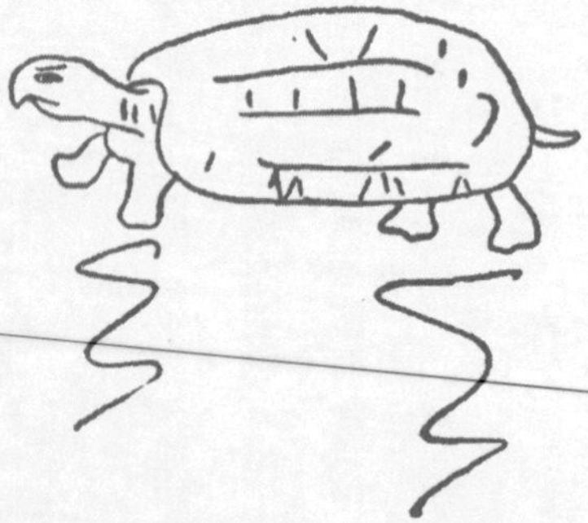

喲嗬！長腿船長！

且慢！拴繩！喲，嗬，嗬，來瓶蘭姆酒。猜猜我在讀什麼。過去這兩天，我們的話題始終繞著航海和海盜打轉。《金銀島》是不是很有意思？您讀過這本書嗎？或者您小的時候這本書還沒寫出來？史蒂文森只拿到三十鎊的連載版權費，看樣子當偉大作家不太划算。也許我該去當小學老師。

請原諒我開口閉口史蒂文森，目前我滿腦子都是他，拉克威羅圖書室裡只有他的書。

這封信我已經寫了兩星期，我想內容也夠多了。大叔，可別說我寫得不夠

詳盡。真希望您也在這裡，我們大家可以一起度過歡樂時光。我喜歡我不同圈子的朋友都能互相認識。我很想問彭鐸頓先生他在紐約認不認識您。我覺得他可能認識，你們應該都在同一個上流社交圈活動，也都對改革之類的事感興趣。可是我沒辦法問，因為我不知道您的真實姓名。

我竟然不知道您的姓名，這真是我聽過最愚蠢的事。李蓓特太太提醒我您很特立獨行，一點也沒錯！

——深深敬愛您的　茱蒂

附言：

我把信重讀一遍的時候，發現內容不全然是史蒂文森，杰維少爺也匆匆露過一、兩次臉。

九月十日

親愛的大叔：

他走了，我們大家都很想念他！當你習慣了某些人、某些地方或某些生活模式，然後又被奪走，真的會在你內心留下一股悵然若失、黯然神傷的感覺。我開始覺得山普太太的談話索然無味，像極了沒有調味的食物。

再兩星期就開學了，能夠重新投入學業我會很開心。不過，今年夏天我也夠用功的了，寫了六個短篇和七首詩。我之前寄給雜誌社的那些故事，都被人非常禮貌又果斷地退回來了。但我不在乎，至少練了文筆。杰維少爺也讀了那些故事，因為他拿信進屋，很難不讓他知道。他說那些故事**差勁透了**，一看就知道我根本不清楚自己在寫些什麼。（杰維少爺不會讓禮貌遮掩真相。）不過，他倒是覺得我剛寫的那一篇（只是以大學為背景的小品）還不賴；之後他幫我打字，由我寄給雜誌社。兩星期過去了，也許他們還在考慮。

您真該看看這裡的天空！一抹極其詭譎的橙紅光芒遍照八方，暴風雨就要來了。

＊　＊　＊　＊　＊

說著說著，豆大的雨滴就落下來了，百葉簾被風吹得啪嗒亂響。我跑來跑去關上所有窗子，凱莉則是抱著一堆牛奶鍋飛奔上閣樓，在屋頂每個漏水處下方放上一個。我正要重新拿起筆寫這封信，卻想到我把坐墊、地毯、帽子和馬修·阿諾德的詩集忘在果園裡的樹下，趕緊衝出門去拿。東西都淋濕了，詩集紅色封面的顏料滲入書頁，未來沖刷〈多佛海灘〉的，將會是粉紅色浪花。

在鄉下地方，暴風雨是很惱人的事。你總是不得不擔心，有那麼多東西留在戶外被風雨摧殘。

🖂

星期四

大叔！大叔！您猜怎麼著？郵差剛送來了兩封信。

第一封：我的作品被採用了，稿費五十元。

哇！我是**作家**了！

第二封：學校祕書寄來的信，我得到為期兩年的獎學金，可以支付學費和食宿費用。這項獎學金是專為「英文方面特別傑出，其他科目也有優越表現」的學生設立的。今年的得主是我！我放暑假前提出申請，但我不抱希望，因為我一年級的幾何學和拉丁文成績不理想，看來我已經把總成績拉上來了。大叔，我太開心了，因為從現在起，您的負擔可以減輕很多。以後我只需要每個月的零用錢，也許連那個我都可以靠寫作或家教或別的賺來。

我**好想好想**趕快回學校開始讀書。

——耶露莎・艾伯特　敬上

〈二年級贏得比賽時〉作者，所有報攤均售，每份一毛錢。

九月二十六日

親愛的長腿叔叔：

重新回到學校，我變成高年級生了。我們的書房比去年那間好得多，有兩扇朝南的大窗子，還有，天哪！簡直富麗堂皇。零用錢無上限的茱麗亞提早兩天到學校，顯然得了布置狂熱症。

我們有了新壁紙、東方地毯、紅木椅子，不是去年那種已經讓我們心滿意足的仿紅木塗漆，而是真正的紅木椅。寢室美極了，我卻覺得待在裡面很難放鬆，老是擔心會一不小心把墨水滴在不該滴的地方。

還有，大叔，我到的時候您的信已經在這裡等我了。抱歉，我指的是您祕書的信。

能不能請您行行好，給我一個我聽得懂的理由，讓我知道為什麼我不該接受那筆獎學金？我一點都不明白您為什麼反對。不過，您反對也沒有用，因為我已經接受了，而且不打算改變心意！這話聽起來有頂撞之嫌，我沒那個意思。

我猜您是覺得，既然您決心教育我，就希望有始有終，到最後以一張畢業證書為這件事畫下完美句點。

可是請您花一秒鐘站在我的立場想想。即使我拿了獎學金，我接受的大學教育完全還是您的功勞，就跟您支付了四年學費沒兩樣，但我欠您的債務卻會減輕許多。我知道您不會要我還這筆錢，但只要我有能力，無論如何一定要還。有了這筆獎學金，我還債的目標就更容易達成。原本我打算用全部的餘生來清償債務，這下子我只需要用二分之一的餘生。

希望您能體諒我的心情，別跟我生氣。您給的零用錢我還是會心存感激地收下。我需要那筆零用錢，生活水準才能跟得上茱麗亞和她的家具！真希望她從小養成的是平凡點的品味，或者她不是我室友。

這稱不上是一封信。原本我想寫很多的，可是我忙著給四片窗簾和三片門帷縫邊（幸好您看不到針距有多大），用牙粉拋光黃銅文具組（很累人的工作），再用修指甲的剪刀剪掉掛照片的鐵絲。還得把四箱書和兩只行李箱的衣服（很難相信耶露莎．艾伯特居然擁有滿滿兩行李箱的衣服，但這是真的！）拿出來排好掛好，還得抽空歡迎五十個好朋友重返校園。

開學日太歡樂了！

晚安，親愛的大叔，您的小雞想自己覓食了，請您別為此氣惱。她已經長成神采奕奕的小母雞，能發出特別堅決的咯咯聲，也長出一身漂亮的羽毛（都是您的功勞）。

——敬愛您的 茱蒂

九月三十日

親愛的大叔：

您還在嘮叨獎學金的事嗎？從沒見過像您這樣倔強、頑固、執著、不可理喻、不知變通，無法站在他人立場思考的男人。

您不希望我接受陌生人的幫助。

陌生人！那麼請問，您又是什麼？

對我而言，這世上還有比您更陌生的人嗎？就算我在街上遇見您，也認不出您來。如果您是個神智正常、通情達理的人，而且以父執輩口吻給您的小茱蒂寫些措辭友善的打氣書信，偶爾過來拍拍她的頭，告訴她您很高興她表現這麼好。那麼，我也許不會藐視您這樣的老人家，會像個乖女兒，一點也不敢違抗您的心意。

陌生人！跟真的一樣！史密斯先生，您有什麼資格說別人是陌生人。

再者，我不是接受別人的幫助，那是一筆獎金，我靠自己的努力爭取來的。如果申請者在英文科表現都不夠好，委員會就不會核准，有些年就從缺了。另外……唉，跟男人爭辯又有什麼用？史密斯先生，您屬於一種欠缺邏輯概念的性別。要讓男人明白事理只有兩種方法：好言哄騙，或者跟他唱反調。我不屑哄男人來達到自己的目的，只好唱反調。

先生，我拒絕放棄獎學金，如果您再碎碎念，我連每個月的零用錢都不要，到時候只好去給蠢蛋新生當家教，累死自己。

這是我的最後通牒！

我還有個想法。既然您覺得我接受獎學金會剝奪別人受教育的機會，我有個解決方法。您可以在約翰格利爾孤兒院另外找個小女孩，拿原本要栽培我的那筆錢送她上學。這個點子很棒吧？只不過，大叔，您可以盡情**栽培**另一個女孩，但拜託不要喜歡她多過於喜歡我。

我沒有聽從您祕書信裡的各項建議，他應該不會很受傷吧，就算他很受傷，我也沒辦法。大叔，他是個被寵壞的孩子。在此之前我總是順從他的各種奇思怪想，這次我打算堅持到底。

——心意已決，

永遠、徹底、

絕不收回的　耶露莎・艾伯特

十一月九日

親愛的長腿叔叔：

今天我出門準備到鎮上買黑色鞋油、幾個衣領、新上衣的材料、紫羅蘭面霜和純橄欖皂，都是生活必需品，少了它們我就開心不起來。要付車資的時候，我卻發現錢包還在另一件外套口袋裡，只好下車換搭另一班，結果上體育課遲到。沒有記性卻有兩件外套，真是很糟糕的事！

茱麗亞邀請我到她家過聖誕節。史密斯先生，很有意思吧？想像約翰格利爾孤兒院的耶露莎．艾伯特跟有錢人平起平坐。我不知道茱麗亞為什麼邀請我，最近她好像挺喜歡我。坦白說，我比較喜歡去莎莉家，可是茱麗亞先開口了。所以，如果我要在外地過聖誕節，就得是紐約，不能是伍斯特。想到即將見到彭鐸頓闔府，我就深感畏怯，而且還得買很多新衣裳。所以，親愛的大叔，如果您來信告訴我，希望我安安靜靜留在學校，我會以一貫的乖巧順從如您所願。

我最近利用零碎時間讀《赫胥黎的一生與書信》，這本書很適合作為忙碌之餘的輕鬆讀物。您知道始祖鳥是什麼嗎？是一種古代的鳥類。那麼三瘤齒獸呢？我自己也不清楚，我猜那是已經消失的生物，像是有牙齒的鳥或長了翅膀的蜥蜴。不對，都不是，我剛剛查了書，是中生代哺乳類動物。

今年我選了經濟學，很有啟發性的學科。修完經濟學以後，我要接著修慈善與改革。董事先生，到那時我就會知道孤兒院該如何營運。如果我有投票權，就會是個值得嘉許的選民，對吧？我上星期滿二十一歲。這真是個非常浪費的國家，竟然放棄像我這麼誠實、有教養、認真又聰明的公民。

——茱蒂　敬上

這是現在唯一一張溜齒獸照片
牠的頭像蛇
耳朵像狗、
腳像乳牛、
尾巴像蜥蜴、
翅膀像天鵝、
身上的毛細緻柔軟，
像可愛的小貓咪

十二月七日

親愛的長腿叔叔：

謝謝您批准我去茱麗亞家過聖誕節——我就當沉默代表同意。

最近校園正值社交熱季！上星期是創辦人舞會，只有高年級才能參加，所以我們都是第一次獲准入場。

我邀請了莎莉的哥哥，莎莉則邀請她哥哥在普林斯頓的室友，就是暑假跟他們去露營那位，長得一頭紅髮，個性很好。茱麗亞邀請一個紐約來的男生，沒什麼特色，不過應對進退零缺點。他跟德拉梅特．奇徹斯特家族有親戚關係，也許您聽說過吧？我完全沒有概念。

總之，我們的賓客星期五下午準時抵達，參加在大四長廊舉辦的下午茶，之後趕回飯店吃晚餐。他們說飯店大爆滿，他們只能睡撞球桌。莎莉的哥哥說，下回再有人邀請他來這所學校參加活動，他會帶他們的阿第倫達克山帳篷，在校園裡紮營。

他們七點半趕回來參加校長的歡迎會和接下來的舞會。準備工作提早開始！我們事先製作好男士們的姓名卡，每支舞結束後，就分組依姓氏字母排列，方便他們的下一位舞伴迅速找到他們。比方說，吉米．麥克布萊會耐心地站在M字母底下等候舞伴來認領。（至少他應該要耐心站在那裡，可是他老是到處跑，跟R或S或其他字母混在一起。）我發現他真是很難搞的客人，他為了只跟我跳三支舞鬧脾氣，直說他跟不認識的女生跳舞會害羞！

隔天早上有一場合唱團演唱會，您猜那首專門為這次活動譜寫的歌曲創作者是誰？是真的。確實是她。喔，大叔，您的小孤兒名聲越來越響亮了！

那兩天真是充滿歡笑，那些男生應該也過得很開心。其中有些人原本還為了即將面對一千個女生頗感困擾，幸好他們很快就適應了。我們兩位普林斯頓賓客也玩得很開心，至少他們很客氣地這麼說。他們也邀請我們明年春天去參加他們的舞會。我們都答應了，所以親愛的大叔，請別反對。

我、莎莉和茱麗亞都買了新衣服。您想不想知道是什麼樣的衣服？茱麗亞的是乳白色緞子搭金色刺繡，她別上紫色蘭花。那是從巴黎來的**夢幻禮服**，價值連城。

莎莉的禮服是淡藍色的，配波斯刺繡，搭配她的紅髮格外亮眼。價值雖然不到連城，穿在身上絲毫不比茱麗亞那件遜色。

我的是淺粉紅廣東縐紗配原色蕾絲和玫瑰色綢緞，我手上拿著莎莉哥哥寄來的深紅色玫瑰（莎莉告訴他該選什麼顏色）。我們各自搭配了相稱的綢緞便鞋、絲襪和雪紡紗披巾。

這些服飾細節一定很令您驚豔。

大叔，在男士們心目中，雪紡紗、威尼斯針繡、手工刺繡和愛爾蘭鉤針編織這些東西都只是空洞語詞。想到這裡，我不得不感嘆，男士們被迫過著多麼欠缺色彩的無趣人生。反觀女性，不管她喜歡的是嬰兒或微生物或丈夫或詩篇或僕人或平行四邊形或花園或柏拉圖或橋牌，基本上始終會對衣服感興趣。

就是那一點共同天性，讓整個世界親如一家。（這不是我的原創，而是從莎士比亞劇本裡抄來的。）

言歸正傳，您想不想聽一個我最近才發現的祕密？能不能答應我，別把我看成虛榮的女生？那麼請聽：

我很漂亮。

這是真的。房間裡有三面鏡子，如果我連這個都不知道，未免太白痴。

——知名不具

附言：

這是您在小說裡會讀到的那種淘氣的匿名信。

十二月二十日

親愛的長腿叔叔：

我只有一點時間，除了有兩堂課要上，還得收拾一箱行李和手提箱，再去趕四點的火車。但我出發前一定要寫封信告訴您，我多麼感謝您送的聖誕禮盒。

我愛裡面的毛皮大衣、項鍊、利伯提絲巾、手套、手帕，書和錢包。最重要的是，我愛您！可是大叔，您不可以這樣寵我。我只是個普通人，更是個小女孩。您用這些浮華俗物誘我分心，我要如何專心致志埋首苦讀？

現在我強烈懷疑是某位董事為約翰格利爾布置聖誕樹、星期天請孩子們吃冰淇淋。他行善不為人知，可是根據他的行事作風，我知道他是誰！您做了那麼多好事，一定會享有幸福人生。

再見，祝您有個非常快樂的聖誕假期。

——永遠敬愛您的 茱蒂

附言：我也送上一份象徵性的小禮物。如果您認識她，您會喜歡她嗎？

一月十一日

大叔，我原本有意從紐約給您寫信，可是那實在是個讓人目不轉睛的城市。

我度過一段趣味又富啟發性的假期，但我很慶幸自己不是那個家族的一分子！相較之下，我真的寧可從小在孤兒院長大。不管我從小「家教」有什麼缺失，至少我沒學會裝模作樣。以前常聽人說「被物質淹沒」，現在我終於明白那是什麼意思。那棟房子裡的物欲氛圍真能壓垮人，直到搭上回程的特快車時，我才敢喘口大氣。所有家具都精雕細琢、鋪上軟墊，美輪美奐；我遇見的每個人都衣著華麗，低聲交談，風度翩翩。可是說實在話，大叔，我從抵達到離開那段時間裡，沒有聽到任何思想見解。我猜從來沒有任何思想見解飄進過那棟房子。

彭鐸頓太太滿腦子想的都是珠寶、裁縫師和交際應酬。她跟麥克布萊太太好像是截然不同的兩種母親！如果我將來結婚有自己的孩子，我要盡我所能把家經營得像麥克布萊家。就算給我全世界的財富，我也絕不願意讓我的孩子變成彭鐸頓家族那種人。這樣批評招待過你的人是不是不太禮貌？如果是，請見諒。這是最高機密，我只跟您說。

那段期間我只見過杰維少爺一次，他來喝下午茶，但我沒有機會跟他單獨交談。我們去年夏天相處得非常愉快，這次沒能說上話實在很失望。我覺得他好像不太喜歡這些親戚，而他們肯定也都不太喜歡他！茱麗亞的媽媽說他心理不平衡。她說他是個社會主義者，只除了——謝天謝地，他沒有留長頭髮、繫紅色領帶。她想不通他那些古怪念頭到底從哪兒來的，因為他們家族幾世代以來都信奉英國國教。他把錢揮霍在各種瘋狂的社會改革上，而不是花在比如遊艇、汽車和寶馬名駒這些有意義的東西上。他倒是會花錢買糖果！因為他送給我和茱麗亞各一盒當聖誕禮物。

我想我也要當社會主義者。您不介意吧，大叔？社會主義者跟無政府主義者大不相同，他們不喜歡用炸彈炸人。也許我本來就是社會主義者，因為我屬於無產階級。我還沒決定我要當哪一種就是了。星期天我會好好研究這個議題，下一封信再宣示我的理念。

我看了好多劇院、旅館和豪宅。腦子裡塞滿了瑪瑙、鍍金裝飾、嵌花地板和棕櫚樹，一團混亂，到現在還有點喘不過氣來。我很高興終於回到學校和書本。我想我比較適合當學生，因為校園裡寧靜的學術氣氛，比紐約更讓我心曠神怡。大學生活很令人心滿意足，書本、功課和固定課表讓你的大腦保持靈活。如果腦袋累了，還有體育館和戶外運動。而你身邊永遠不乏跟你所見略同、意氣相投的朋友。我們可以整個晚上什麼也不做，只是天南地北地聊呀聊，之後帶著振奮的心情睡覺去，彷彿我們徹底解決了某些刻不容緩的世界問題。其中當然穿插了很多瞎扯胡鬧，只是一些針對當下事件的無聊玩笑，卻特別痛快。我們很欣賞自己的俏皮話！

人生之中最重要的不是那些特別開心的大事，而是從身邊小事得到最大的滿足。大叔，我已經發現了快樂的真正祕訣，就是**活在當下**。不要懊悔過去，也不要期盼未來，而是努力在這一刻活得盡興。就像耕作，你可以選擇廣耕粗作或精耕細作。今後我要精細地過生活。享受每一秒，而在享受當下的同時，也要**察覺**我正在享受當下。大部分的人都沒有真正活著，他們只是不停往前跑，一心只想到達地平線上某個遙遠目標。他們跑得熱血沸騰，上氣不接下氣，完全忽略了沿途幽靜清雅的鄉間美景。等到他們回過神來，已經年老體衰，達到目標與否已經沒有意義了。我決定了，就算永遠當不成「偉大作家」，我也要在路邊坐下來，堆疊起許許多多小確幸。看來我就要變成女哲學家了，您見過這樣的人嗎？

——一如既往的　茱蒂

附言：外面下起貓兒狗兒般的大雨[27]，兩隻小狗一隻小貓剛剛落在窗台上。

親愛的同志：

萬歲！我屬於費邊學派[28]。

這個學派願意以時間換取空間，我們不主張一蹴可幾的社會改革，那樣的手法太天翻地覆。我們希望改革慢慢進行，把目標放在遙遠的未來，那時大家都做好準備，承受得了震撼。

與此同時，我們必須未雨綢繆，要推動工業、教育與孤兒院等方面的改革。

——懷抱同志情誼的茱蒂　敬上

寫於星期一第三節課。

27 英語俚語以「It's raining cats and dogs.」形容傾盆大雨，作者此處以此俚語玩文字遊戲。

28 英國費邊社（Fabian Society）倡導的社會主義學派，主張漸進式改革。

二月十一日

親愛的D. L. L.：

這封信非常簡短，請您別放在心上。這不是正式書信，只是短短幾句話，讓您知道等考試結束，我會馬上給您寫封長信。我不但要考及格，還要得**高分**。我不能愧對我的獎學金。

——廢寢忘食苦讀中的 J. A.

三月五日

親愛的長腿叔叔：

今晚凱勒校長對學生講話，說現代年輕人無禮又膚淺。他說我們已經喪失過去世代那種可貴的求知熱忱與真正的學術精神，而這種退步現象特別展現在我們對權威當局有欠尊重的態度上。我們對待師長不再表現出應有的服從。

我懷著沉重心情走出禮拜堂。

大叔，我是不是太沒大沒小？我對您的態度是不是該多點正經、多點分寸？沒錯，正該如此。所以我重來一遍。

親愛的史密斯先生：

我上半學年考試成績很理想，您想必十分歡喜。新學期的課業已經開始，我完成了化學課的質性分析，這學期開始踏入生物學領域。我對生物學有所遲疑，因為據我所知，我們必須解剖蚯蚓和青蛙。

上星期在禮拜堂有一場非常有趣又格外珍貴的演說，討論法國南部的羅馬遺跡，是我所聽過關於這個題目最有啟發性的演講。

我們配合英國文學的進度，正在讀華茲華斯的〈廷騰修道院〉。多麼細膩的一首詩作，充分體現了作者的泛神論觀點！上個世紀初葉的浪漫主義運動以雪萊、拜倫、濟慈和華茲華斯這些詩人為代表，這些人的作品，比在那之前的古典主義更吸引我。說到詩，您讀過丁尼生那首迷人詩篇〈洛克斯利樓〉嗎？

最近我規律地上體育館，學校制定了監督制度，不守規定就會造成諸多不便。體育館裡有個以水泥與大理石打造、特別美麗的泳池，是某個畢業校友捐贈的。我的室友莎莉把她的泳衣送給我（因為縮水了，她穿不下），我準備開始上游泳課了。

昨天我們吃了非常美味的粉紅色冰淇淋。我們吃的食物都使用植物性色素，因為學校基於美學與健康雙重理由，反對使用苯胺色素。

最近天氣完美極了，晴時多雲，間或點綴幾場快意風雪。我和友伴們非常享受往返教室與宿舍之間的步行，特別是返程。

親愛的史密斯先生，希望您身體康健如常。

——依然誠摯敬愛您的 耶露莎・艾伯特

四月二十四日

親愛的大叔：

春天又來了！您真該看看整座校園多麼欣欣向榮。我覺得您不妨親自來欣賞一番。杰維少爺上星期五又來了，可惜他挑了個最不恰巧的時間，因為我、莎莉和茱麗亞正好趕著去搭火車。您猜我們要去哪兒？去普林斯頓，參加舞會順便看球賽。請您見諒！我沒事先徵求您的同意，因為我有預感您的祕書不會答應。可是我們此行完全符合規定：向學校請了假，有莎莉的媽媽陪同。我們玩得很開心，細節我就略過不提了，因為太多又太複雜。

✉

星期六

天沒亮就起床！夜班守衛叫醒我們六個人。我們用酒精爐煮咖啡，（咖啡粉數量驚人！）走兩英里路到三樹崗頂端看日出。最後一段斜坡我們是手腳並用爬上去的！差點比太陽晚到！回到學校吃早餐時食慾特別好！

天哪！大叔，我今天好像偏好驚呼風格，這一頁灑滿了驚嘆號。

原本我想詳細描寫樹木的新芽和運動場新鋪的煤渣跑道；明天生物課的恐怖內容；湖上的新獨木舟；凱薩琳．普蘭緹絲的肺炎；校長家的安哥拉貓逃家，在佛格森樓住了兩星期後，被清潔女侍發現舉報；我的三件新洋裝，分別是白色、粉紅色和藍色圓點，還有一頂相稱的帽子。可惜我太睏了。這個藉口我用很多次了，對吧？可是女子大學的生活真是非比尋常的忙碌，我們每天晚上都精疲力竭！特別是摸黑起床的那一天。

——茱蒂　敬上

這是校長家的安哥拉小貓，
從這張畫像不難看出
他品種有多麼純正。

五月十五日

親愛的長腿叔叔：

上車以後兩眼直視正前方，無視其他乘客，這是有禮貌的行為嗎？今天有個身穿非常漂亮的天鵝絨洋裝、長相非常漂亮的女士上了車，面無表情地坐了十五分鐘。她自始至終都注視掛在車廂裡的廣告看板，故意忽視其他人，一副自己是在場最重要的人似的。這種行為好像有點失禮。再者，你會錯過很多事。她專注盯著那塊可笑看板的時候，我卻是津津有味地觀察坐滿有趣人們的車廂。

本頁插圖的景象首度呈現在紙頁上。乍看之下像是繩線末端掛著蜘蛛，其實不然，那是我在體育館泳池裡學游泳的畫像。

教練把繩子鉤在我腰帶後側的環釦，繩子通過天花板上的滑輪。只要你對教練的可靠度有百分百的信心，這就是個很實用的系統。只是，我一直擔心她會鬆

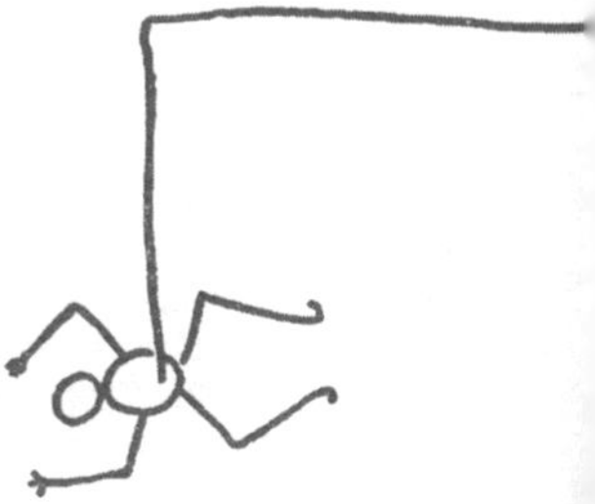

開繩子，只好一隻眼睛焦慮地盯著她，另一隻眼睛用在游泳上，在這種一心二用的情況下，我的進步自然不如預期。

最近天氣真是變化多端。我開始寫這封信時正在下雨，現在又是陽光普照。我跟莎莉要出去打網球，這樣可以少上一次體育館。

一星期後

我老早就該完成這封信，但我沒有。大叔，如果我的信不夠規律，您不會介意吧？我真的很喜歡給您寫信，因為寫信帶給我一種擁有家人的良好感覺。想不想聽我跟您說件事？您不是唯一一個跟我通信的男人。另外還有兩個！這個冬天以來，杰維少爺經常給我寫優美的長信，信封是打字的，以免茱麗亞認出筆跡。這事很令人震驚吧？另外，我大約每星期會收到一封來自普林斯頓、字跡潦草的信，通常是用黃色筆記紙寫的。我一律公正無私地迅速回信。看吧，我跟其他女孩沒多大不同，我也會收到男生的信。

我有沒有告訴您，我獲准進入高年級戲劇社？這是非常菁英的團體，全校一千名學生裡只挑選七十五名。您認為像我這樣矢志不渝的社會主義者，可以加入這樣的團體嗎？

您猜目前我在關注社會學哪個議題？

我正在寫（您聽聽！）一篇有關「失依兒童的照顧」的報告。教授把題目卡任意推疊，再隨機發出來，我拿到的是這個題目，很有意思吧？

晚餐鈴聲響了，我經過郵筒時會把這封信寄出去。

——敬愛您的

J.

六月四日

親愛的大叔：

格外忙碌的時期。再過十天是四年級畢業典禮、明天期末考；要準備考試，要打包東西，偏偏外面的世界又風光旖旎，留在室內只覺一陣陣心痛。

不過無所謂，暑假快到了。今年夏天茱麗亞要出國，第四次了。大叔，無庸置疑，世間好事的分配很不平均。莎莉跟往年一樣去阿第倫達克山。您猜我暑假有什麼計畫？您可以猜三次。拉克威羅？錯。跟莎莉去阿第倫達克山？錯。（我再也不敢奢望了，因為去年被潑了冷水。）猜不出來了嗎？您想像力不足。大叔，只要您答應不聲嘶力竭地反對，我就告訴您。在此先提醒您的祕書，我心意已決。

我要去海邊，在查爾斯・佩特森太太家住兩個月，當她女兒的家教。她女兒秋天要上大學。我是透過麥克布萊家認識佩特森太太的，她是個魅力十足的女人。我也要教她的小女兒英文和拉丁文，但我還是會有一點自己的時間。我每個月的薪水有五十元！您會不會覺得我收費太高？這是她主動提出來的。如果由我開口，我不會好意思要求超過二十五元。

我在瑪諾利亞（她們住的地方）待到九月一日，剩下的三星期可能會在拉克威羅度過，我滿想去看看山普夫婦和那些友善的動物們。

大叔，您覺得我的暑期計畫如何？我夠獨立吧？您扶持我站起來，現在我可以自己往前走了。

普林斯頓畢業典禮剛好跟我們的期末考撞期，真是沉痛的打擊。我跟莎莉實在很希望能及時趕過去，不過那當然是不可能的事了。

再見了大叔，祝您有個愉快的暑假，好好放鬆自己，秋天的時候帶著足以應付未來一年功課的充沛體力回來。（這是您該來信跟我說的話！）我一點都不清楚您夏天都做些什麼，從事什麼消遣。我想像不出您的生活環境。您打高爾夫或打獵或騎馬嗎？或只是坐在陽光下冥想？

總之，不管您做什麼，祝您過得開心，別忘了茱蒂。

六月十日

親愛的大叔：

這是最難提筆的一封信，可是我已經下定決心，不會改變了。您說今年夏天願意送我出國，真是非常好心、慷慨又體貼。我一度心動神馳，但二度思量就冷靜地投下反對票。我早先拒絕讓您幫我支付這兩年的學費，現在又拿那筆錢去玩樂，未免太不合邏輯！您不可以讓我太習慣奢侈的生活型態。人不會懷念未曾擁有過的事物，可是一旦他或她（英語需要男女通用的代名詞）覺得某些東西是自己與生俱來該有的，就會很難適應失去那些東西的日子。跟莎莉和茱麗亞同寢室，對我的刻苦耐勞精神是一大考驗。她們打從呱呱墜地就擁有一切，把快樂視為理所當然。她們認為自己有權對這個世界予取予求。或許真是如此，畢竟這個世界好像自知對她們有所虧欠，而且如實償還。至於我，世界沒欠我什麼，而且從一開始就跟我說得清楚明白。我沒有權利向世界預支幸福，因為總有一天它會拒絕我的要求。

我好像在比喻的大海裡載沉載浮，您應該明白我想說什麼吧？總之，我強烈感覺到，今年夏天我真正該做的事就是去教書，學習自力更生。

✉

四天後　瑪諾利亞

我剛寫完上面那些，然後您猜發生了什麼事？女侍通報杰維少爺來訪。他今年夏天也要出國，自己去，不是跟茱麗亞和她家人。我告訴他，您也要我跟某位陪同一群女孩出國的女士一起去。大叔，他知道您。我是說，他知道我父母雙亡，有個好心紳士供我上大學。我沒有勇氣告訴他，約翰格利爾和其他那些事。他以為您是我的監護人，是我父母生前的至交好友。我沒告訴過他我根本不認識您，因為那太奇怪了！

總之，他堅持要我去歐洲，還說那是我學習必要的一環，我不可以拒絕。另外，他說那段時間他也會在巴黎，我們偶爾可以擺脫那位女士，到豪華有趣的外國餐廳吃晚餐。

大叔，他的提議的確很吸引我，我差點就軟化了。如果他不要表現得那麼專制，我應該會徹底棄守。我可以接受循循善誘，卻**絕不能**被逼迫。他說我是個無知、愚蠢、荒謬、狂妄、白痴又固執的小孩（那些只是他罵我的形容詞的一部分，其他的我記不住了）。他說我不知道什麼對自己最好，應該讓年紀大的人幫我做決定。我們幾乎吵起來，也許我們真的吵起來了！

不管怎樣，我用最快的速度收拾了行李來到這裡。我覺得我最好先斷了自己的後路，再寫完這封信。沒錯，路已經徹底斷了。我已經來到崖頂別莊（佩特森太太的別墅），行李打開放好，佛蘿倫絲（小女兒）也已經在第一類名詞變化裡痛苦掙扎。她學不會也很正常，因為她實在是個被寵壞的小孩，我得先教會她怎麼讀書。她長這麼大，還不曾把心思用在比冰淇淋汽水更困難的東西上頭。

我們教室就在懸崖邊一個僻靜角落，因為佩特森太太希望我讓她們待在戶外。我不得不說，眼前有湛藍海洋，船隻航行而過，叫我怎麼專心上課啊！只要想到我可能在其中一艘船上，航向他鄉異域——不行，除了拉丁文法，我什麼都**不要想**。

介系詞 a 或 ab、absque、coram、cum、de、e 或 ex、prae、pro、sine、tenus、in、subter、sub 與 super 主導奪格。

大叔，我已經一頭栽進工作，堅決抗拒誘惑。請您別跟我生氣，也別認為我不識好人心，因為我知道您的好意，一直都知道。我唯一能回報您的，就是變成一個「非常有用的公民」（女人是公民嗎？好像不是。）總而言之，「非常有用的人」。等您看到我，就可以說：「我為世界栽培了這個『非常有用的人』。」

大叔，聽起來很不錯吧。但我不想誤導您，其實我經常覺得自己一點都不優秀。設定人生目標是很好玩，但我也很有可能變成一個跟其他人相去不遠的泛泛之輩。也許我會嫁個殯葬業者，成為他工作上的靈感。

——茱蒂 敬上

八月十九日

親愛的長腿叔叔：

我的窗子正對一片最美麗的風景，應該說海景，放眼望去只有海水和岩石。

夏天慢慢過去了。我每天上午教我兩個蠢學生拉丁文、英文和代數。我不知道瑪麗安怎麼能進得了大學，就算進去了，又要怎麼讀到畢業。至於佛蘿倫絲，根本無可救藥。可是，哇！她真是個小美人兒。只要長得漂亮，腦袋瓜靈不靈光就無所謂了吧？只是你不由得猜想，她們的言談會讓另一半悶得慌吧。除非她們運氣夠好，能嫁到蠢丈夫。我覺得不無可能，因為蠢男人似乎比比皆是，今年夏天我就碰到不少。

午後我們會在懸崖上散個步，如果風浪不大，我們就去游泳。我在海裡游泳如魚得水。看吧，我已經學以致用！

巴黎的杰維・彭鐸頓先生來信，相當簡單明瞭的信件。他還沒原諒我拂逆他的心意。然而，如果他提早回來，會趕在學校開學前到拉克威羅跟我相聚幾天。如果我表現得乖巧、聽話又溫柔，也許（我不得不如此推論）可以重新得到他的垂青。

莎莉也來了一封信。她要我九月份到他們營區待個兩星期。我需不需要徵求您的許可？我還不能自己做決定嗎？嗯，我想我可以，我四年級了。我工作了一個夏天，很想給自己安排點有益身心的休閒活動。我想看看阿第倫達克山，想看看莎莉，想看看莎莉的哥哥，他要教我划獨木舟。再者（這才是我的主要動機，有點小家子氣），我要讓杰維少爺到拉克威羅撲個空。

我**必須**讓他知道，他不能操控我。大叔，除了您，沒有任何人能操控我，就連您也無法經常如願！我要到林子裡散步去了。

——茱蒂

九月六日

麥克布萊營區

親愛的大叔：

您的信來得太遲（我很得意）。如果您希望我遵從您的指示，最好讓您的祕書在兩星期以內傳達。因為您也看到了，我人已經在這裡，五天前就到了。

這裡的樹林很棒，營區也是、天氣也是、麥克布萊一家人也是，全世界都是。我開心極了！

吉米在喊我，我們要去划獨木舟。再見，很抱歉沒聽您的話，可是您為什麼這麼堅持不讓我玩樂呢？我工作了整個夏天，放鬆兩個星期應該不為過。您真的有點見不得別人開心。

無論如何，大叔，雖然您有那麼多缺點，我還是愛您。

——茱蒂

十月三日

親愛的長腿叔叔：

回到學校，升上四年級了，並且擔任《月刊》主編。這麼成熟的一個人，短短四年前還是約翰格利爾的院生，難以置信吧？美國果然是個日新月異的國家！

跟您說件鮮事。我收到杰維少爺寄到拉克威羅，而後轉寄來學校的信。他說他很抱歉，今年秋天抽不出時間到農場，他答應跟朋友一起搭遊艇出去玩。祝我有個美好的夏日，享受鄉間生活。

其實他一直都知道我人在麥克布萊營區，因為茱麗亞跟他說了！你們男人最好別學女人玩心機，你們手段不夠高明。

茱麗亞帶來一整箱最讓人神魂顛倒的新衣裳，有色彩繽紛的利伯提縐紗晚禮服，足堪作為天堂裡那些天使的服飾。原本我以為我今年的新衣已經史無前例的（有這個成語嗎？）漂亮了。我請一位收費低廉的裁縫師幫我仿製派特森太太的衣服，儘管成品跟原版有些出入，但已經夠讓我心花怒放了，不過那是茱麗亞打開行李箱之前的事。如今，我算是見識到花都巴黎的魅力了！

親愛的大叔，您是不是很慶幸自己不是女孩子？我猜您一定會覺得我們對衣服這麼小題大作，實在太愚蠢吧？確實如此，毫無疑問。可是那完全是你們男人的錯。

您聽說過那位博學多聞的德國籍教授[29]的事嗎？他對不必要的裝飾嗤之以鼻，主張女性服飾應該樸素、實用。他太太天性溫馴服從，採納他的「服裝改革」理念。您猜他做了什麼？他跟一個歌舞女郎私奔了。

——茱蒂 敬上

---

29 應指德國自然學家古斯塔夫．耶格爾（Gustav Jäger），英國維多利亞時期服裝改革重要人物，主張人應該揚棄絲綢棉麻等植物纖維衣物，改穿羊毛等動物纖維，聲稱對健康有益。

附言：

我們這層樓的女侍老是穿一件藍色格紋棉布圍裙。我要送她幾件棕色格紋圍裙，再把那些藍色的沉入湖底。每次看見那些藍色圍裙，我就想起過去，渾身打冷顫。

十一月十七日

親愛的長腿叔叔：

我的作家之路遭遇重大挫折。我不知道該不該告訴您，但我很希望得到一點同情，拜託，默默同情就好，請別在您的下一封來信提起，揭開我的傷疤。

我寫了一本書，從冬天開始利用晚上時間寫，夏天教我那兩個笨學生之餘的時間也在寫。開學前剛好完成，寄給一家出版社。等了兩個月沒消息，我幾乎確定他們願意出版，可是昨天早上我收到快遞包裹（到付郵資三毛錢）。我的書回來了，還附了一封出版商的信，口氣和善又慈祥，卻很坦白！他說他根據地址判斷我還在念大學，如果我願意接受忠告，他建議我把精力用在課業上，等大學畢業再開始寫書。他信裡還附了審稿人的意見如下：

「情節不切實際。人物描述過於誇大，對白有欠自然；幽默感十足，偶爾流於低俗。請她繼續努力，假以時日，也許能寫出像樣的書。」

大叔，這些話不太悅耳，對吧？我還以為自己為美國文學添了一筆佳話，我真這麼覺得。我原本想在畢業前寫出一本偉大小說，當作給您的驚喜。我利用去年聖誕節拜訪茱麗亞家的時機搜集資料。不過編輯說得沒錯，短短兩星期確實不足以看透一座大城市的風俗習慣。

昨天下午我帶著那本書出去散步，經過煤氣廠時，我走進去問工程師能不能借用他的鍋爐。他很客氣地打開爐門，我親手把書稿投進去。我覺得我親手焚化了自己唯一的孩子！

昨晚我懷著沮喪的心情上床睡覺，覺得自己永遠成不了氣候，白白浪費了您的錢。可是您猜怎麼著？今早醒來的時候，我腦袋裡又冒出完美的故事架構，我整天都忙著規劃人物，開心得不得了。誰也不能指控我消極悲觀！即使哪天我的丈夫和十二個孩子在地震中被活埋，隔天早上我還是會面帶笑容地醒來，另起爐灶建立新家庭。

——敬愛您的　茱蒂

十二月十四日

親愛的長腿叔叔：

昨天我做了個超級古怪的夢。我好像走進一家書店，店員拿了一本新書給我，書名是《茱蒂．艾伯特的一生與信函》。那本書我看得特別清楚，紅色布質封面上有一張約翰格利爾的圖畫。卷首插畫是我的肖像，底下寫著「最真誠的茱蒂　敬上」。我正準備翻到最後一頁，看看我的墓誌銘寫了什麼，卻醒過來了。真是討人厭！我差點就知道我會嫁給誰、什麼時候死掉。

假設能夠讀到自己的生平事蹟──由某個無所不知的作者毫不掩飾地撰寫，是不是很有意思？再假設你必須接受以下條件才能讀：你絕不會忘記內容，且從此以後，你能預知所有行為結果，也知道自己哪個時刻離開人世，而你必須這樣活下去。您覺得有多少人敢讀那本書？又有多少人寧可活得沒有希望、沒有驚奇，也能壓抑好奇心不去讀它？

人生本就枯燥乏味，總是離不開吃飯睡覺。可是，如果餐與餐之間不會出現任何意料之外的事，那可真是悶死人了！天哪！大叔，一滴墨漬。可是我寫到第三頁了，不能換新的信紙。

今年我繼續修生物，很有趣的學科，目前我們進行到消化系統。您真該看看貓的十二指腸橫切面在顯微鏡底下有多美妙。

我們也開始上哲學課了，有趣卻也不可捉摸。我比較喜歡生物，因為你可以把討論主題釘在板子上。又一滴！再一滴！這枝筆悲泣不已，請包涵它的淚水。

您相信自由意志嗎？我相信，毫無保留地相信。某些哲學家認為所有行為都是遙遠因素累積而成，都是絕對無法避免且必然的結果。我一點都不贊同，那是我所聽過最不道德的學說，因為誰也不必為任何事擔起罪責。如果人相信宿命論，那他自然而然雙手一攤，直接說：「那是神的旨意。」然後繼續攤著雙手，直到倒地而亡。

我完全相信我可以靠自己的意志和力量有所作為，這種信念足以移山倒海。您等著看我變成偉大的作家吧！我的新書已經寫出四章，另外五章也完成草稿。

這封信內容太過深奧，大叔，您頭疼了吧？我決定就此擱筆，去做點牛奶糖。我們要用真正的鮮奶油和三團奶油，一定好吃極了，可惜我沒辦法寄一塊給您。

——敬愛您的 茱蒂

附言：

我們體育課在學跳幻舞，您可以從圖畫裡看出我們跳得多像真正的芭蕾舞。隊伍最後面舞出優雅腳尖旋轉的就是本人，我是說「我」。

十二月二十六日

最最親愛的大叔：

您還有沒有腦子？您**不知道**不可以送女孩子十七樣聖誕禮物嗎？請記住，我是社會主義者，您想把我變成富二代嗎？

您再想想，萬一我們吵架，我會有多為難！我得請搬家公司歸還您的禮物。

很抱歉我送的領帶凹凸不平，我親手織的（您想必已經從內部證據看出來了）。您只能留在大冷天繫，再把外套第一顆釦子扣牢。

大叔，謝謝您，千謝萬謝。您是有史以來最貼心的男人，也是最傻的！

——茱蒂

這是我在麥克布萊營區找到的四葉幸運草，祝您新的一年好運亨通。

長腿叔叔
閣下收
搬家卡車

一月九日

大叔，您想不想做點可以讓您得到永恆救贖的善事？學校附近有戶人家已經走到山窮水盡。這個家庭有父母和四個留在家裡的孩子，孩子們的兩個哥哥外出闖天下，卻沒寄回任何成果。那個父親原本在玻璃工廠上班，卻得肺癆進了醫院，那真是很不健康的工作。醫療費耗掉他們的全部積蓄，二十四歲的大女兒獨力撐起重擔。她幫人做衣裳，有工作的時候一天可以賺一塊五，晚上就幫人繡桌墊。那個媽媽是個虔誠信徒，個性軟弱，沒有一點用處，整天雙手交疊坐著發呆，全然聽天由命。大女兒卻是被過勞、責任和憂愁壓得喘不過氣來。她擔心一家人撐不過這個冬天，我也有同感。只要有一百元，他們就能買些煤炭，再幫三個弟弟妹妹買鞋子，好讓他們上學去。她手頭還能留點存款，萬一連續幾天接不到工作，就不會忐忑不安。

您是我所認識的人之中最有錢的一個，應該拿得出一百元吧？那女孩比我更值得幫。如果不是為了她，我也不會向您開口。我才不在乎那個媽媽會怎樣，她太懦弱無能了。

有些人總是抬眼望著天說：「也許這樣最好。」其實他們心裡很清楚，這樣根本一點都不好，這種事常讓我火冒三丈。不管你稱之為謙卑、自抑或什麼別的形容詞，其實都只是無能的怠惰！我喜歡比較激進的宗教！

我們的哲學課目前上到最傷腦筋的內容，明天只談德國哲學家叔本華。教授好像不知道我們有其他功課要做。他是個古怪的老頭子，腦袋瓜整天不知神遊何方，偶爾跌落人間，就一臉茫然眨巴著雙眼。他會想辦法說些笑話活絡上課氣氛，我們會努力擠出微笑。可是我必須告訴您，他的笑話一點都不好笑。不上課的時間，他都在思考物質究竟是真的存在，或只是他自以為它們存在。

我敢說我的裁縫女孩一點都不懷疑物質確實存在！

您猜我的新小說到哪兒去了？在字紙簍裡。我自己都看得出它確實不好。如果顧影自憐的創作者都了悟到這點，那麼冷眼批判的大眾又會做出什麼評斷呢？

稍晚

✉

大叔，此刻我臥病在床。我扁桃腺發炎，已經躺了兩天，只能喝熱牛奶，什麼都吃不下。「妳父母到底在想什麼，怎麼沒有趁妳還小的時候讓妳割掉扁桃腺？」醫生這麼問我。我答不上來，我猜那時候他們可能根本沒想到我。

——J. A. 敬上

隔天早上

封信之前我又重讀了一遍，不太明白自己**為什麼**把生命描寫得雲遮霧掩。所以趕緊向您說明，我其實年輕快樂又生氣勃勃，相信您也一樣。年輕與否跟生日次數無關，重點在於心靈的**活力**，所以大叔，即使您的頭髮花白，內心仍舊可以是個孩子。

——敬愛您的 茱蒂

一月十二日

親愛的慈善家先生：

您送給那戶人家的支票昨天寄到。太感謝您了！我蹺了體育課，吃過午餐就給他們送去。您真該看看那女孩的表情！她非常驚訝，非常開心，也如釋重負，看起來幾乎像個年輕人。而她才二十四歲，是不是很令人同情？

總之，她覺得所有好運彷彿同時降臨。她未來兩個月都有工作做，因為有人要結婚，她要幫新娘縫製嫁衣。

「感謝仁慈的上帝！」那個媽媽喊道，因為她終於弄清楚那一小張紙是一百元。

「這不是上帝給的，」我說。「是長腿叔叔。」（我告訴她們是史密斯先生。）

「是仁慈的上帝叫他這麼做的。」她說。

「才不是！是我叫他這麼做的。」我說。

無論如何，大叔，我相信仁慈的上帝會好好獎賞您。您有資格享受一萬年的幸福。

——最感恩的　茱蒂・艾伯特

二月十五日

最尊貴的陛下萬安：

今天早餐我吃了火雞餡餅和一隻鵝，也點了一杯我從沒喝過的茶（一種中國飲料）。

大叔別緊張，我沒發瘋，我只是在引用塞繆爾·佩皮斯的文字。我們的英國歷史課正在讀他的書，算是第一手史料。現在我、莎莉和茱麗亞都用一六六〇年代的語言交談。您聽聽：

「我去查林十字路口看哈里森少校被拖行、絞死再肢解：他看起來就跟任何處在那種情況下的人一樣歡喜。」

還有：「跟我穿著華麗喪服的夫人一起用餐，她弟弟昨天死於斑疹熱。」

現在就開始耍寶有點太早，對吧？佩皮斯有個朋友想出一個特別狡猾的策略，讓國王把存放太久的腐壞糧食賣給百姓，藉此清償債務。您這位改革者對此有什麼看法？我不認為我們這一代人有報紙上描寫的那麼壞。

佩皮斯跟所有女孩子一樣，會為新衣服雀躍不已。他的服裝費是他太太的五倍，那顯然是丈夫們的黃金時期。接下來這段是不是很感人？他真的很誠實。「今天帶著那件搭配黃金鈕釦的高級羽紗披風回家，所費不貲。祈求上帝讓我有能力支付這筆錢。」

請原諒我開口閉口佩皮斯，我正在寫一篇有關他的專題報告。

大叔，您猜怎麼著？自主管理協會廢除了十點熄燈的規定，只要我們願意，可以整夜開著燈，前提是不能干擾到別人，也就是不可以大張旗鼓地玩樂。其結果正是對人類天性的最佳注解。既然現在只要我們喜歡就可以熬夜，我們反而不喜歡了。九點一到，我們個個都瞌睡連連，到了九點半，筆從我們無力抓握的手中滑落。現在九點半了，晚安。

✉

星期日

剛從教會回來，今天講道的牧師來自喬治亞州。他說，我們要小心謹慎，不要為了發展思維能力而犧牲了情感方面的本質。我認為那是一場蹩腳乏味的宣講（又是佩皮斯）。無論他們來自美國或加拿大哪個地方，無論他們屬於哪個教派，我們聽見的佈道都一樣。他們為什麼不到男子大學去敦促學生們，別讓過度的腦力活動摧毀他們的男子氣概？

今天天氣好極了，嚴寒、冰凍又晴朗。午餐一結束，我、莎莉、茱麗亞、瑪蒂．琪恩和伊蓮諾．普拉特（都是我的朋友，但您不認識她們）要穿上短裙漫步穿越鄉間，去水晶泉農場吃炸雞配鬆餅當晚餐，之後請水晶泉先生用他的四輪馬車送我們回來。依規定我們七點前要回到校園，不過今晚我們請學校通融，延後到八點。

再會，好心的先生。
很榮幸署名如下：

——您最忠貞、盡職、
真誠、服從的僕人
J. 艾伯特

三月五日

親愛的董事：

明天是這個月的第一個星期三，是約翰格利爾的勞累日。等五點鐘一到，你們拍拍他們的頭轉身離開，他們會多麼輕鬆！大叔，您曾經拍過我的頭嗎？我猜應該沒有，我記憶裡似乎只有胖董事。

請轉告孤兒院我愛他們，**真心誠意**的愛。如今隔著朦朧的四年回頭一看，我對那裡不禁生起一股溫柔情懷。剛進大學的時候我還滿腹怨恨，因為我被剝奪了其他女孩享有的那種正常童年。可是如今我完全釋懷了。我把那段時光看成不尋常的歷險，這麼一來，我反而得到一種有利視角，可以客觀看待生命過程。現在我長大了，對這個世界的洞察力，是那些富裕生活裡長大的人所完全欠缺的。

我知道很多女孩子（比如茱麗亞）永遠不覺得自己快樂。她們太習慣那種感覺，感官已經麻木了。至於我，活著的每一刻都能確定自己很快樂。無論發生任何不愉快的事，我都要繼續保持下去。我要把那些不愉快（包括牙疼）當成趣味經歷，要慶幸自己有機會體驗它們。「不管風雲如何難測，我願承受一切禍福。」──[30]

可是大叔，別把我對約翰格利爾的全新依戀當真。如果我跟盧梭[31]一樣有五個孩子，我才不會為了讓他們活下來，就把他們丟在孤兒院門階上。

請代我向李蓓特太太致上最友善的問候（「友善」應該不假，「愛」就太過強烈），別忘了告訴她我個性變得多麼好。

──敬愛您的　茱蒂

30 出自英國詩人拜倫（George Gordon Byron）寫給好友的詩〈致湯瑪斯・摩爾〉。

31 指尚-雅克・盧梭（Jean-Jacques Rousseau），法國思想家，一生苦難不斷，據說曾把第一個孩子送進孤兒院。

四月四日

拉克威羅

親愛的大叔：

您注意到郵戳了嗎？復活節假期我跟莎莉翩然來到拉克威羅。我們都覺得，這十天假期最好找個幽靜的地方沉澱一下。我們的神經已經太緊繃，連在佛格森樓多吃一頓飯都受不了。當你非常疲倦的時候，跟四百個女生擠在餐廳裡用餐就變成一種折磨。周遭太過吵雜，妳連坐在對面的人說什麼都聽不見，除非她們雙手圍在嘴邊大聲叫嚷。我絕無虛言。

我們在山丘之間漫步或讀書、寫東西，盡情享受悠閒時光。今天早上我們爬上「史蓋山」山頂，就是我跟杰維少爺曾經野炊的地方。很難想像那已是將近兩年前的事了，我仍然看得到當時被我們火堆燻黑的石頭。有趣的是，某些地方會讓你想起某些人，只要回到那裡，就會想起他們。他不在身邊，我覺得有點孤單，大約有兩分鐘之久。

大叔，您猜我最近都在做些什麼？您一定會覺得我真是無可救藥——我在寫書。三星期前開始動筆，進度非常快。我已經掌握到訣竅了。杰維少爺和那個編輯說得沒錯，寫你自己熟悉的東西最有說服力。這回我寫的是自己知道的事，而且熟悉得不得了。猜猜故事背景是哪裡？是約翰格利爾！這本書很棒，大叔，我真這麼覺得。我只是寫些日常生活中的小事。我揚棄了浪漫風格，改走寫實路線。不過，等我踏上冒險刺激的未來人生，我還是會重回浪漫主義懷抱的。新的這本書一定會完成，而且會出版！您等著看吧。只要熱切渴望某種東西並持續嘗試，最後一定能得到它。這四年來我一直努力想讓您寫封信給我，我還沒放棄希望。

——敬愛您的 茱蒂

再見，寶貝大叔。

（我喜歡稱呼您寶貝大叔，因為比較親切。）

附言：

我忘了告訴您農場上的近況，不過都是悲傷的消息。如果您不想心情太激動，就別看這則附言。

可憐的老葛洛弗死了。他太衰弱，沒辦法嚼食，他們只好讓他安樂死。

上星期有九隻小雞被黃鼠狼或臭鼬或老鼠或什麼的給咬死了。

有一隻乳牛生病了，我們從邦里格請來獸醫。阿瑪賽整晚沒睡，餵牠喝亞麻籽油和威士忌。不過我們強烈懷疑，那頭可憐的病牛只喝到亞麻籽油。

多愁善感湯米（那隻龜甲圖案的貓咪）不見了，我們擔心牠被捕獸陷阱困住。

這世上的煩惱何其多！

五月十七日

親愛的長腿叔叔：

這封信極其簡短，因為我的肩膀一看到筆就發疼。一整天的課堂筆記，一整夜的不朽小說，實在寫太多了。

從下星期三起，再過三個禮拜就是畢業典禮了。我覺得您不妨來參加，順便認識我。如果您不來，我會恨您的！茱麗亞邀請杰維少爺，因為他是她的家人；莎莉邀請吉米．麥克布萊，因為他是她家人。可是我有誰可以邀請？只有您跟李蓓特太太，而我不要邀她。拜託您來。

——心裡有愛、手指痙攣的茱蒂　敬上

六月十九日

拉克威羅

親愛的長腿叔叔：

我完成學業了！我的畢業證書在五斗櫃最底下抽屜，跟我最好的兩件衣服放在一起。畢業典禮一如既往，一到關鍵時刻就下雨。謝謝您的玫瑰花蕾，美極了。杰維少爺和吉米少爺也都送我玫瑰花，不過我把他們送的都留在浴缸裡，捧著您的花走在畢業班隊伍裡。

這個夏天我會在拉克威羅過，也許再也不離開了。這裡的食宿費不高，環境很清幽，適合文學創作，對於初出茅廬的作家這已經夠好了。我為我的書發狂，醒著的每一刻都想著它，晚上睡覺也夢見它。我只想要安詳、恬靜，以及非常非常多的時間來創作（營養餐點穿插其間）。

八月份杰維少爺會過來，預計停留一星期左右。吉米．麥克布萊也會抽時間來訪。目前他在某家債券公司上班，全國到處奔走向銀行推銷債券。他要利用赴康諾斯的「農民銀行」談生意的機會，順道來看我。

所以說，在拉克威羅也不是遺世獨立。我原本也會期待您哪天開著車過來，但我知道那是天方夜譚。那天您沒來參加我的畢業典禮，我就已經把您從我心底抹除，永遠埋葬在記憶裡了。

——文學士　茱蒂・艾伯特

七月二十四日

最親愛的長腿叔叔：

工作很有趣吧？或者您從來沒做過事？如果你的工作正好是你最想做的事，那做起來更是樂趣無窮。今年夏天我每天都以最快的速度寫書，我對生命唯一的不滿就是，一天的時間太短暫，不夠讓我寫出腦袋裡那些精采、珍貴又絕妙的想法。

我的書已經完成第二次草稿，明天早上七點半要開始寫第三次。它會是您所讀過最可愛的書，真的。我滿腦子都是它。每天早上我都巴不得趕快換衣服吃早餐，好開始動筆。然後我會寫呀寫呀，直到突然累癱全身乏力。這時我就帶著柯林（新的牧羊犬）出去，在田野間戲耍，搜集隔天需要的全新靈感。那會是您讀過最可愛的書，喔，抱歉，這話我說過了。

寶貝大叔，您不會認為我自我感覺良好吧？

我不是，真的。我只是正處於狂熱期。也許過一陣子我會洩氣，開始挑剔或鄙夷。不，我絕不會！這回我寫了一本真正的書。您看到的時候就會明白。

我先暫停一分鐘，聊聊別的。阿瑪賽和凱莉去年五月結婚了，我還沒告訴您吧？他們還在這裡工作，不過，我覺得婚姻毀了他們倆。以前他一腳踩進泥巴或菸灰掉在地板上，她總是哈哈大笑。可是現在，您真該聽聽她怎麼訓斥他！她也不捲頭髮了。還有阿瑪賽，以前叫他拍地毯或搬木柴都乖乖照辦，現在卻會發牢騷。他的領帶也髒兮兮的，原本鮮紅或紫色的地方現在都變成黑色或褐色。我決定永遠不結婚，婚姻顯然會讓人向下沉淪。

農場上沒什麼新鮮事。動物們都活蹦亂跳。豬隻出奇的肥，乳牛好像過得心滿意足，母雞也卯足了勁在下蛋。您有興趣養雞嗎？如果有，容我向您推薦這種小規模事業：每隻母雞年產兩百顆蛋。我考慮明年春天造個孵蛋器，飼養肉雞。看吧，我已經決定在拉克威羅終老了。我要在這裡住到寫出一百一十四部小說（跟安東尼・特洛勒普[32]的媽媽一樣）。到那時，我這一生的工作就算完成，可以退休去雲遊四海了。

上星期天，吉米・麥克布萊先生來拜訪我們。午餐吃了炸雞和冰淇淋，這兩樣好像都挺合他胃口。見到他我非常高興，他暫時讓我想起外面的世界依然存在。可憐的吉米，債券賣得不太好。即使他們公司願意給六分利息，甚至七分，康諾斯的「農民銀行」還是不買單。我猜他最後會回到伍斯特，在他爸爸的工廠上班。他為人太直率、沒有心機、心腸太好，很難在金融界飛黃騰達。不過，在生意興隆的罩衫工廠當經理，也是令人欽羡的職位，您說是吧？目前他對罩衫不屑一顧，但總有一天他還是會接納的。

希望您能明白，對一個手指痙攣的人而言，這已經是一封長信了。但我仍然愛您，寶貝大叔，而且我很快樂。這裡有欣賞不完的美景、吃不完的食物，還有一張舒適的四帷柱床、一令稿紙和一品脫墨水，人生在世夫復何求？

——永遠敬愛您的　茱蒂

附言：

郵差又捎來新消息。杰維少爺下週五要來這裡停留一星期。真是令人期待，只是我擔心我可憐的書會受折磨。杰維少爺很吹毛求疵。

32 Anthony Trollope，英國維多利亞時代最知名也最多產的小說家之一。其母親弗朗西絲·特洛勒普也是小說家，以「特洛勒普太太」或「弗朗西絲·特洛勒普太太」為筆名發表創作。

八月二十七日

親愛的長腿叔叔：

您在哪裡呢？

我從來不知道您究竟在世界的哪個角落。我希望您不在紐約，那裡的天氣狀況糟糕至極。我希望您此時在某座山的山頂（但不是在瑞士，要離這裡近點），一面欣賞雪景一面想著我。請您一定要想著我。我很寂寞，很希望有人想著我。喔，大叔，但願我認識您！那麼萬一我們心情低落，可以互相打氣。

我覺得我沒辦法繼續留在拉克威羅了。我想搬走。莎莉明年冬天起要在波士頓做社區文教工作，如果我跟她去，一起租房子住，您覺得好不好？我寫作的時候她忙著上班，晚上就可以聚在一起。當你的談話對象只有山普夫婦、凱莉和阿瑪賽，你的夜晚會特別漫長。租房子的事我有預感您不會贊成，我現在就可以讀到您祕書的來信：

致耶露莎・艾伯特小姐

親愛的女士：

史密斯先生希望妳留在拉克威羅。

——埃爾默・葛立格敬上

我討厭您的祕書。我敢說名叫埃爾默・葛立格的人一定很惹人嫌。可是說真的，大叔，我覺得我必須去波士頓。我不能留在這裡，如果生活不趕快來點變化，我一定會絕望得跳進筒倉。

老天！這裡好熱，青草都枯黃了，小溪也乾涸了，馬路上塵土蔽天。已經好幾星期又好幾星期沒下雨了。

這封信讓人覺得我好像得了狂犬病，但我沒有。我只是想要有家人。

再見，最親愛的大叔。但願我認識您。

——茱蒂

九月十九日

拉克威羅

親愛的大叔：

發生了一點事，我需要忠告。我需要您的忠告，其他任何人的我都不要。我能不能跟您見個面？當面談比寫信容易得多，何況我擔心您的祕書可能會把信打開來看。

——茱蒂

附言：我很不快樂。

十月三日　　**拉克威羅**

親愛的長腿叔叔：

您親手（而且是非常不穩定的手！）寫的字條今天送到。很遺憾您病了。如果我知道您身體不舒服，絕不會拿我的事煩您。好，我會告訴您我的煩惱，可是這件事寫起來有點複雜，而且內容**非常私密**，看完後請把信燒了。

聊我的事之前，請先收下這張一千元支票。竟然是我寄支票給您，感覺很奇怪吧？您猜這張支票哪兒來的？

大叔，我的小說賣掉了。會先分成七集連載，之後再集結成書！您可能會以為我一定樂瘋了，可惜沒有，我完全無動於衷。當然，我非常高興可以開始還您錢，我還欠您兩千多元，會分期償還。拜託，請別推辭，因為還錢讓我非常開心。我欠您的遠遠不只是金錢，金錢以外的恩德，我會用一輩子的感恩和敬愛來回報。

接下來是另一件事，請給我最世故的建議，不必考慮我的感受。

您知道我一直對您有著一股非常特別的感情，您算是代表我全部的家人。可是，如果我說我對另一個男人有著更特別的感情，您不會介意吧？您應該輕而易舉就能猜出他是誰，畢竟長久以來我在信裡三句話不離杰維少爺。

但願我能讓您了解他是什麼樣的人，而我跟他又是多麼處得來。我們對所有事的看法相同——但我好像經常調整自己的看法來配合他！可是他幾乎都說對了。正該如此，因為他比我早出生十四年。只不過，在某些方面他只是個大男孩，需要人照顧，他連下雨天該穿雨鞋這種事都沒概念。我們經常被同樣的事逗笑，這很重要。兩個人的幽默感背道而馳是很恐怖的事，我覺得那是一道無法跨越的鴻溝！

而且他……呃，他就是他，我很想他，很想他，很想他。整個世界空蕩蕩的，痛苦不堪。我討厭月光，因為它太美，而他沒在我身邊一起欣賞。也許您也愛過人，所以能理解。如果您也愛過，那我不需要多說；如果您沒愛過，那麼我多說無益。

總之，那就是我對他的感覺，但我卻拒絕了他的求婚。

我沒有告訴他原因，我只是沉默不語、悲慘莫名。我不知道該說什麼。現在他走了，滿心以為我要嫁給吉米。我沒有，我根本不想嫁給吉米，他不夠成熟。可是我跟杰維少爺陷入了誤解的泥淖，都傷了對方的心。我請他離開不是因為我不愛他，而是因為我太愛他。我擔心他以後會後悔，那是我無法忍受的！像我這種來歷不明的人，好像不應該嫁進他那樣的家庭。我沒告訴過他孤兒院的事，也不想跟他說我連自己是誰都不知道。我可能是**很糟糕**的人。他的家庭很驕傲，我也很驕傲！

另外，我覺得我對您有責任。您這麼費心栽培我當作家，我至少要付出一番努力。拜您之賜受了那麼多教育，我這麼甩頭就走棄之不用，未免不公平。不過，如今我有能力還您錢，我覺得債務已經減輕一部分。再者，萬一我真的結婚，我想我還是可以繼續當作家，婚姻和寫作未必互相排擠。

我很努力在思考這件事。當然，他是個社會主義者，思想觀念不墨守成規，也許不像某些男人那麼介意娶個無產階級。當兩個人個性完全合拍，在一起時很開心，分開又非常寂寞，那麼他們也許不該讓任何事成為阻礙。我當然**很願意**相信這些！但我想聽聽您的客觀意見。您可能也有自己的家庭，可以從比較世故的觀點看待這件事，而不是以同情的、人性化的角度出發。我把這些事都坦白告訴您了，是不是很勇敢？

如果我去找他解釋，告訴他問題不在吉米，而在約翰格利爾，這樣做會不會很不恰當？那需要很大的勇氣，我覺得我可能寧願悲慘度過餘生。

這已經是將近兩個月前的事了，那次之後我就沒再接到過他的隻字片語。我才剛習慣心碎的感覺，茱麗亞又寄來一封信攪亂一池春水。她說——非常不經意地，「杰維叔叔」在加拿大打獵時被暴風雪困住，露宿一整夜得了肺炎，到現在還沒痊癒。而我竟然不知情，在這裡為他什麼都沒說就人間蒸發而傷心欲絕。我猜他很不開心，我知道我不開心！

您覺得我該怎麼做才好呢？

茱蒂

十月六日

最親愛的長腿叔叔：

好，我當然會去，下星期三下午四點半。我當然找得到地方。我到過紐約三次，何況我已經不是小孩子了。我不敢相信我要去見您。這麼久以來我都只能**幻想**您，已經很難相信您是有血有肉、真實存在的人。

大叔，您真是個大好人，自己身體不好還要操心我。請保重，別著涼了，秋天的雨濕氣特別重。

——深愛您的 茱蒂

附言：

我腦海剛浮現一個可怕的念頭。您那裡有管家嗎？我很怕管家，萬一管家來

開門，我一定會暈倒在門階上。我該怎麼跟他說？您沒告訴我您的姓名。我就說要找史密斯先生嗎？

✉

星期四早上

我最最親愛的杰維少爺－長腿叔叔－彭鐸頓－史密斯：

昨晚睡著了嗎？我睡不著，整夜沒闔眼。我太驚訝、太激動、太困惑、太開心。我覺得我恐怕再也睡不著、吃不下。但我希望你睡了，你一定得休息，那樣的話你才能快點復元，才能來看我。

親愛的，我不敢想像你先前病得多重，而我一點都不知情。昨天醫生下樓送我上計程車，他告訴我，他們曾經有三天的時間幾乎放棄你。哦，我最親愛的，萬一你發生不幸，我的世界將從此陷入黑暗。我知道在遙遠未來的某一天，我們一定會分開，可是至少我們共享過甜蜜時光，有很多往事可以回味。

我原本想逗你開心，卻落得得逗自己開心。現在的我雖然遠比想像的更快樂，卻也更肅穆。我心裡一直有個陰影，總擔心會發生什麼不測。以前我過著輕鬆自在、沒有憂愁、滿不在乎的日子，因為我沒有什麼珍貴的東西可失去。可是現在，我未來的人生裡都會有個**超大煩惱**。只要你不在我身邊，我就會擔心那些可能撞上你的汽車，那些可能砸在你頭上的招牌，或那些可能被你吞下肚、扭來動去的恐怖細菌。我從此不得安寧。不過無所謂，我本來就不喜歡生活太平靜。

請你趕快趕快趕快好起來。我想要你在我身邊，讓我可以摸得到你，確認你真的存在。我們才相處短暫半小時！我擔心那可能是一場夢。如果我是你的親戚（一表三千里的遠親），就可以每天去看你，大聲讀書給你聽，把你的枕頭拍鬆，撫平你額頭那兩條細小紋路，讓你的嘴角往上提，露出暢快的微笑。你又開心了，對吧？昨天我離開的時候你很開心。醫生說我一定是個好護士，因為你看起來年輕十歲。但願不是所有墜入愛河的人都會年輕十歲。如果我只剩十一歲，你還會喜歡我嗎？

昨天是最美好的日子。就算我活到九十九歲，也還會記得其中的細微末節。清晨離開拉克威羅的那個女孩，跟晚上回來的那個迥然不同。山普太太清晨四點半叫我起床，我在黑暗中驚醒，腦海裡迸出的第一個念頭是：「我要去見長腿叔叔！」我在廚房就著燭光吃早餐，之後駕馬車走五英里去車站，一路欣賞最璀璨的十月晨光。太陽漸漸升起，紅楓和山茱萸映出緋紅和橙黃光芒，石牆和玉米田裡的白霜閃閃發亮。空氣冷冽、清透又充滿希望。我**知道**會有好事發生。

在火車上，鐵道不停唱著：「妳要去見長腿叔叔！」那聲音讓我很安心。我相信大叔有能力解決一切。我也知道在某個地方有個男人——比大叔還更親密，想要見到我。不知怎的，我感覺在這趟旅程結束前，我也可以見到他。果然沒錯吧！

我找到了麥迪遜大道上那棟褐色房子，它看起來如此雄偉，讓人望而生畏。我不敢進去，只好在街道上徘徊，鼓足勇氣。其實我根本不需要害怕，你的管家像個慈祥的長輩，一見面就驅走我的緊張不安。「是艾伯特小姐嗎？」他問我。我答：「是。」所以我根本不需要說找史密斯先生。他要我在客廳稍候。那間客廳既嚴肅又豪華，有點陽剛氣。我坐在一張鋪有軟墊的大椅子前緣，心裡一直念叨著：

「我要見長腿叔叔了！我要見長腿叔叔了！」

那人不久後回來，很客氣地請我上樓到書房。我太興奮，兩隻腳幾乎不聽使喚。走到書房門外，他轉身悄聲對我說：「小姐，他病得很重。我們今天第一次允許他下床。妳不會停留太久，讓他精神太激動吧？」從他說話的語氣，我看得出他很愛你，我覺得他是個老好人！

然後他敲敲門，說道：「艾伯特小姐到。」

我走進去，門在我背後關上。

從明亮的大廳走進書房，我只覺眼前一片昏暗，一時半刻什麼也看不清。接著，我看到壁爐前有一張大安樂椅，旁邊有一張亮晶晶的茶几和一張比較小的椅子。我還發現有個男人坐在大椅子上，背後墊了枕頭，腿上蓋著毯子。我還來不及阻止，他已經顫顫巍巍站起來，扶著椅背穩住身子，定定看著我，一句話也不說。然後、然後，我發現那是你！可是到那時我還弄不明白。我以為大叔叫你到那裡見我，給我個驚喜。

然後你笑了，伸出手來說道：「親愛的小茱蒂，妳猜不出來我就是長腿叔叔嗎？」

剎那間我恍然大悟。哦，我太蠢了！只要我有一點腦子，就可以從上百個蛛絲馬跡看出來。我想我不適合當偵探，對吧，大叔？或杰維？我該怎麼稱呼你？光喊杰維聽起來不太恭敬，而我不能對你不恭敬！

我們度過非常甜蜜的半小時，直到你的醫生進來請我離開。我到車站時整個人還精神恍惚，差點搭上往聖路易的班車。你自己也很恍惚，連杯茶都沒請我喝。可是我們倆都非常、非常快樂，對不對？我在夜色中駕車回到拉克威羅，可是，哇，星星多麼閃亮！今天早上我帶著柯林出去，走遍我們一起去過的地方，回想你說過的話和你當時的神情。今天的樹林是亮晃晃的青銅色，空氣充滿冰霜氣息。這是**登山**的好時節，真希望你在這裡陪我一起爬山。親愛的杰維，我好想你，是一種愉快的思念，我們很快就能相聚。現在我們真正屬於彼此了，再也沒有虛偽隱瞞。我終於屬於某個人，是不是有點怪？我覺得非常非常甜蜜。

我絕不會讓你有一絲一毫的遺憾。

——永遠永遠愛你的　茱蒂

附言：

這是我的第一封情書。我竟然知道怎麼寫情書，你說怪不怪？

虛構026

長腿叔叔 Daddy Long-Legs

作者—琴·韋伯斯特（Jean Webster）
譯者—陳錦慧
出版者—愛米粒出版有限公司
地址—台北市10445中山北路二段26巷2號2樓
編輯部專線—（02）25622159
傳真—（02）25818761
【如果您對本書或本出版公司有任何意見，歡迎來電】
總編輯—莊靜君
編輯—葉懿慧
企劃—葉怡姍
校對—金文蕙、黃薇霓

內文美術—大梨設計事務所
印刷—上好印刷股份有限公司
電話—（04）23150280
初版—二〇一七年（民106）二月一日
定價—320元
總經銷—知己圖書股份有限公司
郵政劃撥—15060393
台北公司—台北市106辛亥路一段30號9樓
電話—（02）23672044／23672047
傳真—（02）23635741
台中公司—台中市407工業30路1號
電話—（04）23595819
傳真—（04）23595493
法律顧問—陳思成
國際書碼—978-986-93954-2-7
CIP—874.57／105024056

愛米粒出版
Emily

廣	告	回	信
台北郵局登記證			
台北廣字第04474號			

平　　信

To：愛米粒出版有限公司　收

地址：台北市10445中山區中山北路二段26巷2號2樓

當 讀 者 碰 上 愛 米 粒

姓名：＿＿＿＿＿＿＿＿□男 / □女：＿＿歲

職業 / 學校名稱：＿＿＿＿＿＿＿＿＿＿＿＿

地址：＿＿＿＿＿＿＿＿＿＿＿＿＿＿＿＿

E・Mail：＿＿＿＿＿＿＿＿＿＿＿＿＿＿＿

● 書名：長腿叔叔

● 這本書是在哪裡買的?

a.實體書店 b.網路書店 c.量販店 d. ___________

● 是如何知道或發現這本書的?

a.實體書店 b.網路書店 c.愛米粒臉書 d.朋友推薦 e.____________

● 為什麼會被這本書給吸引？

a.書名 b.作者 c.主題 d.封面設計 e.文案 f.書評 g.____________

● 對這本書有什麼感想？有什麼話要給作者或是給愛米粒？

※ 只要填寫回函卡並寄回，就有機會獲得神祕小禮物！

讀者只要留下正確的姓名、E - mail 和聯絡地址，
並寄回愛米粒出版社，即可獲得晨星網路書店$30元的購書優惠券。
購書優惠券將mail至您的電子信箱（未填寫完整者恕無贈送！）

得獎名單將公布在愛米粒Emily 粉絲頁面，敬請密切注意！
愛米粒Emily ：https：//www.facebook.com/emilypublishing

愛米粒出版有限公司
Emily Publishing Company, Ltd.